與你的青春，花火燦爛

桑蕾——著

CONTENTS

第1章　Zip發射樂團

你知道我是用心
一直努力　去抓住我們的愛情
不要再讓我一個人孤寂
給我個機會讓我說愛你

「喂阿哲，你的Walkman借我啦！」

看見同學拿著自己的ＣＤ坐到我前面的座位，我拿下耳機，嘖了一聲。這台Panasonic的ＣＤ隨身聽可是我用幾次月考前三換來的獎勵，當然要先徹底享受在大家面前炫耀的滋味，哪能說借就借。

「……下節課再說啦！」

「吼小氣捏，那你在聽什麼，一邊給我。」

不等我答應，同學已擅自拿走我的左邊耳機塞入耳內。「……Zip樂團啊？聽說主唱跟我們年紀差不多欸，詞曲都自己來，超屌！搞不好成為第二個五月天。」

「是哦，我是聽朋友介紹才買來聽聽看的。」少了一端輸入，混進周遭雜音的音樂變得單薄，不過無損歌曲的情感流動，尤其是那近似哀求的絕望。

——他總說感覺不到我愛他，讓他很不安。可是我很努力了啊……

——你聽聽Zip的歌，我覺得好像在唱我的心聲……

推薦「Zip發射樂團」給我的人這樣告訴我。我替他抱不平，說些自以為得體的安慰言論。但其實注意力全放在那張兼具帥氣和可愛的臉龐，尤其是他上唇至鼻下、橫亙人中的肉色疤痕——兔唇，用大眾認知來介紹的話。

起初我不曉得那是治療兔唇時會留下的傷痕，只是很不禮貌地直盯著瞧。沒辦法，姿勢使然，我的視線能落腳的僅有他的臉。

他揚起尷尬的微笑，似乎已習慣這樣的注視，接著不著痕跡地帶開話題，一邊搔癢似地洗我的頭，「你念H中哦？好厲害！阿萬說他也是念那裡的。」

阿萬是這家美容院的設計師，我從他在別家店工作時就認識，一路跟隨到他自立門戶。他開了間頗氣派的路面店，並且收了個學徒——正是現在幫我洗頭的男生，他就讀於某高職的美髮科，類似建教合作那樣在這裡實習。

我知道阿萬絕對不是我的大學長，因為我媽、我阿姨也是他的顧客。婆婆媽媽的八卦網最靈通了，早把阿萬的身家摸清及傳遍。然而同樣的，阿萬知曉顧客的底細，所以不待我自介，陌生人已然知道我念哪。

雖然不曉得阿萬謊稱學歷的原因是什麼，反正不關我的事。

洗頭的兩手相當生澀，一點都不敢搓或揉，光在髮梢處玩泡泡。我反而自己動了動頭，試圖帶領那不熟練的手往裡伸。「沒有啦，沒什麼大不了。」正值青春期摸索自我的階段，我極度排斥承認自己是那間明星男校的學生。

洗頭期間的尬聊是心照不宣的默契，誰沉默都沒錯，於是當周圍只剩定頻的聲響時，我開始亂瞄，不經意注意到他的耳朵，「哇你有擴耳洞，不痛嗎？」

「比起舌環，這根本不算什麼。」他邊答邊吐了舌頭給我看，一根小橫桿上下貫穿在舌尖的位置。對於從小就是所謂乖寶寶的我來說，那景色如同太陽從西邊升起般震撼。我差點彈起來，「感覺好痛！再給我看一次。」

大概沒見過如此大驚小怪的人，他笑笑地再度伸出舌頭展示，「剛穿的前幾天痛死我了，不過現在已經習慣，這樣推或扯都沒感覺。」

他用牙齒扣住、拉扯以示範所言，卻看得我全身都痛起來了。

「啊、吃飯時會有點卡卡的。」他補充道，又把舌頭調皮地捲起。

那一刻，我彷彿見到一個只在書本或電影裡才出現的璀璨世界，那裡如此吸引人且充滿魅力，擁有無限可能，完全不同於我所處的單調日常——被讀書及考試填滿的生活。

洗完頭，我頭上包著隨時會掉落的毛巾回到座位。那位男生依照阿萬的指示，拿起吹風機幫我吹乾。跟洗頭時一樣，撥弄的手永遠摳不到關鍵，過度小心地在照顧髮尾。

「啊這樣吹不乾啦！」一旁的阿萬看不下去，湊過來搶走吹風機，「你要這樣撥才對！」他有些尷尬地在一旁觀摩。結果到最後，阿萬都沒再讓他嘗試，像是擔心他會搞砸我這位常客的心情。

進入剪髮流程，他反而躲進去洗頭間，外頭只有我和阿萬。對這狀況略感吃驚，我以為學徒都會趁機偷學招數，但畢竟這不是我的領域，便也沒那麼追究傳授技術的方法。

「後面是這樣，」阿萬拿著兩面鏡照著我的後腦勺，「你這邊可以這樣抓……」

點點頭，我不太放在心上，因為清楚我的手殘絕對無法再現這只能帥一下子的髮型。如果是他的話應該沒問題吧，我瞄了眼洗頭的地方，作如是想。

洗頭的少年有著時下最流行的髮型，抓得出眾有味道，把具有的青春洋溢發揮到淋漓盡致的程度。

叭、叭——

這時，店門外傳來喇叭聲，是我媽買完菜來接我了。我匆匆收拾好東西、結完帳，卻在邁步往門口去時一個迴轉，咻地跑進那間昏暗的小房間。

少年正坐在洗頭椅上玩手機，突然闖入的客人著實嚇到他。「呃……你有東西忘了嗎？」他做了最合理的猜測。

「……你叫什麼名字？我……那個……我能不能和你交換電話？」不知道為什麼，我非常想認識這個人，或許帶有諸多私心，想藉此證明或改變我的平凡人生。

此外，我有預感這人和我是……同個圈子的——我們都喜歡同性。或許是他一身特別的打扮或是散發出的氣息傳達了這些訊息，總之，我對這個猜測有八九成的把握。

他怔住，不過似乎了然於心。沒多久，「男校……應該很多帥哥吧？」一句玩笑解開謎底，「大家都叫我向陽。」

他這樣說，使我不確定這是真名還是綽號。「啊，這是我男友！」他翻過手機背面，上頭有多張大頭貼，無一不是雙人的親密合照。

「我叫唐亮哲。」紅著臉，我快速交換完電話號碼後衝出店面，以免算好剪完時間騎來接我的母親起疑。

再次驗證向來準確的雷達，而向陽……大概猜到我的意圖了吧。

第2章　正與反

仍消化不了我生平最大膽的行為——向不認識的人要電話。

「向陽……」

喃喃對方的名字，我望著手機通訊錄，反覆點進又關掉，猶豫著該不該傳封簡訊過去。或許說聲謝謝或打個招呼？但這樣會不會太突兀？一面之緣的客人會做到這個地步嗎？

腦中浮現出向陽耳朵上的擴洞環和嘴內的舌環，以及抹糊上唇曲線的疤痕。每一樣看起來都如同勳章般耀眼，揭示著獨一無二的個性——正是以升學為志向的我所欠缺的東西。

嘆了口氣，我把手機收到一旁，拿出英文單字卡開始背誦。

⍟　⍟　⍟

「阿哲，今天你載我回家啦，順便借我練一下車，我下個月就能考駕照了！」

友人阿志過來拜託我這個早大家一步考到機車駕照、並且很瞎趴地騎機車上下學的人。「好啦，但你要請我喝飲料！不然你家那麼遠，油錢多虧！」

「沒問題。」

傍晚尖峰時段的中華路堪比戰場，塞滿各種車型，一台 100 cc 的機車與眾多機車騎士並駕齊驅。十幾歲年紀的我們只有在這個時刻才能享有短暫的自由，因而不斷催油門，挑戰限速邊緣，勢必要奔馳在隊伍前方，那迎面扎臉的風就是獎賞。

兩手的握法也有所講究，只能輕輕放在上面，不能五指死握，煞車愛勾不勾，身子要些微駝背，這樣才能展現出「飄撇」的氣魄。這是某機車行小開親自教導的騎法。

但我們身上的制服和印有校名的書包早替我們貼好標籤。

夕陽餘暉仍照亮天際，我坐在路邊，沉甸甸的書包被我扔在一旁。此處是剛開發出來的路段，所以還未設置紅綠燈，也無太多車流。

阿志正在挑戰最難的七秒定格，可惜頻頻雙腳落地。

「靠，你也太遜了吧，我一次就過欸！」喝了一大口珍奶，我不客氣地嘲笑，「平衡感，ok？龍頭不要晃，就那樣平平地不要動。」

「靠杯不要吵我！」

「遜咖！」又調侃了一句，我拿出手機看時間，發現有條未讀訊息。反正多半是電信公司的優惠活動，正打算直接刪除的我，卻在望見發信者的名字時頓住。

——是向陽。

「要不要出來見個面啊？」上頭這樣顯示。

差點把吸到一半的飲料吐回杯中，啞然的我瞄了一眼友人，幸好後者正專注在練車上。我深呼吸，慎重地點開並馬上回傳：「好啊！」沒忘了加個笑臉。

向陽將時間定在幾天後的晚上，地點在距離美容院不遠的地方。

咚咚咚的心跳吵得我無法聽見其他聲響，那是雀躍的音色，祝賀著我拿到通往嶄新世界的門票。於是隔天小考的事完全被我拋諸腦後，滿腦子淨想著該穿什麼赴約、是不是得先去買罐髮蠟等等。

然而，隨著約定的日子接近，我卻怯場了。明明前一天已規劃好流程，想好了開場白，竟在當天下課後崩毀，甚至沒有打電話或傳訊取消的勇氣。

「啊你今天晚上不是要和同學出去？」我媽下班回來，發現我在家時不免吃驚，「沒買你的晚餐欸。」

「沒關係，我燙昨天的肉燥吃。」我躲在家中，預備好的衣服被扔回衣櫃。不安地扒著飯，兩眼死死盯著客廳牆上的時鐘指針走到約好的時刻。答、答、答……秒針不停歇地繼續流轉。

過了五分鐘、十分鐘、十五分鐘……

嘟嘟嘟嘟——

電話響了，向陽打來。

這是一種矛盾且複雜的心態，那位遙不可及的人主動聯繫我，這的確讓人欣喜，但我實在擔心自己的平庸會毀了一切，我的無趣怎麼能高攀那座世界。於是看著那僅來一通的未接，我感到失望的同時也感到安心。

有些時候，未知的事物停留在想像階段是最好的。

⍟　⍟　⍟

「……琵琶行的寫作背景是白居易被貶為江州司馬的時候，藉由感傷琵琶女的身世來抒發左遷生活的無奈及惆悵……」講台上的國文老師滔滔不絕地解釋古人的作品，我隨意抄寫筆記，心中竟憤慨起來，對這無聊的知識填充深感厭煩。

由於坐在最後排，只要稍微抓一下角度便能躲避老師的視線，於是我往後挪了下座位，一手抓著課本，一手拿出擺在抽屜的手機，毅然地傳給向陽。

非常厚臉皮地傳了：「能不能見面？」

毫不猶豫按下發送，有種前所未有的暢快在心底蔓生，而更全面的刺激發生在幾秒後突然震動起的手機。

——向陽竟然打過來。現在不是上課時間嗎？

心頭小鹿亂撞，不過不帶太多情愫，純粹出於興奮。

高三生的特權之一是能在課堂期間隨時走去上廁所，畢竟老師們不願壓力巨大的考生們憋出病，所以對這項其實不太禮貌的舉動持睜一隻眼閉一隻眼的態度。

我把手機暗藏進口袋，壓低身子從教室後門溜了出去，不過不是前往廁所，而是跑到蒸便當的暗室，那裡除了中午時段之外幾乎不會有任何人出入。

聞著頗像菜市場裡那股混合生鮮和熟食、消毒水的怪味，我按下了接通，心跳聲在這密閉空間中來回跌宕。「喂？」

「你那天為什麼沒來啊？」

向陽劈頭質問的聲音聽不出情緒，突出了背景音樂的歡快，原來他人在外面。

「我……對不起，我只是……有點害怕……」想不出貼切的謊言，呆直的腦子誠實以對。

電話彼端沉默片刻，「那這次呢？你還會放我鳥嗎？那天我像白痴一樣等了你一個多小時，後來我跟我朋友說H中的人真他媽賤！」

幹！我何德何能讓這人等那麼久，況且那天我們約的是戶外。天熱蚊子多，鐵定不好受。「這次我一定會出現，對不起。」

「好！」

這聲輕快的「好」字如同畫筆，自動在我腦海中勾勒出一張揚著燦爛笑靨的帥臉，導致握住手機的手在微微顫抖。

這次同樣約在戶外，日期就在幾天後。掛上電話，我幾乎是蹦跳著返回教室，阿志不解地望著一臉傻笑的我。

不只國文課，接下來幾節的課堂內容進不去開滿小花的腦子裡，我的心力全擺在如何把握這失而復得的機會。

原先預備好的穿搭終於有了出場時機。

第3章 悸動

高雄市的「新堀江」是年輕人常去的地方，有時下課後我會和同學跑來這裡買潮服或配件，但總是逛得忐忑，擔心店家取笑我們書呆子愛搞怪。儘管實際上從未遇過這種情況。

我和向陽約在新堀江附近的「城市光廊」，這是最近新建好的景點，白天看還沒什麼感覺，一到晚上點起燈，根本搖身一變成為情侶約會的場地。

望著成雙成對的身影，提早到的我有點緊張，不斷左顧右盼，甚至擔心起這次會不會換向陽放我鳥，當作報復。

幸好這是我的小人之心度君子之腹，到了約定時刻，身後傳來清澈的呼喚。

「嗨，你等很久了嗎？」

我轉過去，呼吸在我看見向陽時止住，全身力氣也以洩洪般的氣勢在流失，因為——向陽打扮得太帥氣了，比在美容院工作時還囂張。

他穿著破得十分有型的牛仔褲，配上大概只有他才駕馭得了的碎花紫襯衫，扣子還是全扣的那種，使得不羈的造型散出了點斯文氣息；腰間皮帶上掛著時下流行的黑色金屬鏈條，而腳上呢，他配的是一雙高筒 All Star，左手腕戴的好像是 G-SHOCK 的電子錶。

所有配件擺在他身上只營造出一個意境——完美，一點都不台，澈底傳達出這人絕對一堆人追的氛圍。

「呃沒、沒有，我剛到……」忽然不知道該看哪裡，我只能愣愣地低頭回應。

「我們去那邊坐吧。」

由他帶領我到裝置藝術的方椅區，我們面向車來人往的五福路並肩而坐，什麼飲料或零食都沒買，就那樣乾乾地開始閒聊。

路過的人但凡是年輕女性，都會偷偷瞄向他，我突然感到與有榮焉，有些驕傲。

經過一連串等同自我介紹的問與答，我收穫了一些關於向陽的基本資料。原來他小我兩歲，目前休學中，不過將在下學期復學，仍是回去高職的美容美髮科就讀。

「你喜歡剪頭髮？」

「不知道。」向陽聳聳肩，「反正不愛讀書也不會讀，就隨便選了一個來念。」

「哦……我覺得有一技之長很好欸，像我只會讀書，其他什麼都不懂，也不知道未來要幹嘛。」我是真心這樣認為，縱使以我的身分來講這會顯得偽善。

「會讀書很好啊！以後有更多選擇。」向陽伸了個懶腰，笑嘻嘻地回答。

接下來聊了什麼其實沒多少印象，腦子早被那笑容占據。就在我努力想新話題時，向陽突然交疊腿，滑到我身旁，湮滅兩人之間的距離。

「你喜歡男生？」他問道。

太過直球的問句讓我一時啞口無言，注意力全放在那因坐姿而從牛仔褲破洞中露出的膝蓋。

好想摸摸看，是第一個浮現出的念頭。「……對，你呢？」話一出口我就後悔，這又不是在查探喜歡吃什麼，哪能如此接話。

「我男女都交過，不過比較喜歡男生。」

向陽身上不清楚是何基調的男士香水味，就像是蠱惑人心的迷藥，我登時感到輕飄飄的，加上眼前呼嘯而過的車影干擾了視覺，一切恍惚起來。

「你有交過嗎？」他追問。

隨著問題，腦中浮出一張熟悉的臉孔。「嗯……交過一任，同社團的……不過分手了。」

「為什麼？」

問題似乎永無止盡，不斷深挖。「嗯……到後面覺得膩了。」我脫口而出，卻驚覺不妥。

「那他一定很無趣。」向陽不以為意，已經站在我的立場幫我準備台階下，卻又有點像在兜個圈子，暗示自己的多采多姿。但他無須暗示，我早就那麼認為。

「你交過幾任啊？」我好奇地反問。

「我算算看……一、二……」向陽伸出手指數起數。

一旁的我瞠目，那是需要動用到手指的數目嗎？

「十位！包括現在這任，不過我們好像快分了。」

無論哪個資訊都讓我掩飾不住震驚，眼睛睜得老大地望著向陽，「你……才十六歲就交過十位？」

「嗯，但大部分都很短，只有兩位超過一年——第一任和現在這任。」向陽語氣平淡，如同講的是別人的事一樣。他撓了撓頭，順手抓了下髮梢。「第一任總想束縛我，說了很多謊來引我注意，動不動就吵架和鬧自殺。」他把兩手往後撐，一股浪子氣氛隨之釋出。「我衝去救他好多次，那真的很累……反正分分合合的，到後來我看破了，就澈底切啦！」他鬆開腳，伸直往前晃了晃，「現在這任也超級沒安全感的，只要我和別人說幾句話就生氣，不管我怎麼努力都沒用……」

「好過分哦，都在一起了還不相信你！」我努力予以撫慰。「那……是你追人還是別人追你啊？」好奇這類受歡迎人物的情史，我不禁發問。

「都有，看對眼就去試。」

果然和我們這種普通老百姓不一樣。我故作理解地點頭，其實根本不懂那種先試再說的衝勁是什麼心情，畢竟感情於我而言仍是待補強的學科。難道不怕被拒絕？不去享受那種單純暗戀的苦澀嗎？

「你是……零？」

倏地飄進耳內的三字差點嚇得我彈起來，待回神定睛，一張狡黠的面容正對著我，彷彿我的反應已然代替我回答，而我也從那從容的眼神中得知了對方的型號。

向陽愉快地笑了聲，神情帶著懾人心魄的強勢，他接著問：「做過嗎？」見我不語，他大概認為我被嚇到了，於是補了句：「沒有惡意，只是好奇你們好學生私底下是什麼樣子。」

這話戳中我的痛處，果然看在外界的眼裡，我是個無趣的「好學生」。

「沒有……做過和親過，我們最多到愛撫。」我小聲作答，覺得好弱。

「哇！愛撫很強欸，摸哪？」

向陽興奮的語氣助長了我的虛榮心，瞬間起了好強的念頭，亟欲向他證明我是個有勇氣嘗鮮的人。

「乳頭……他喜歡吸。」我講得若無其事，但抑揚頓挫的聲調早洩了密。當望見鼓譟的雙眼時，我接著自行袒露屬於情侶間的私事，「我們甚至跑進國小的廁所做過。」我做出掀上衣的動作示意，「吸完再繼續逛街，胸部都溼溼的。」

「你比我想的還猛欸！」

這無疑是稱讚，讓受到激勵的我爆出更多料，「他其實是想和我接吻和做愛的，但我不想，每次都把他擋下來。」

「為什麼？」

「……我覺得他不是我認定的人。」我也不曉得那是怎麼樣的心態，「我有喜歡他，但就……嘴巴和第一次不想給他。」

「你好有趣哦！我喜歡！」

轟！腦中像是有人扔了顆炸彈進來，炸毀我所有思緒並連帶抬高體溫。我紅著臉，愣愣地盯著面前那張燦笑的帥臉。

熙來攘往的大街聲響皆被靜音了。

不久，向陽的輕笑拉回我飄到遠方的神智，要不是鄰近大馬路，我想我激烈的心跳聲鐵定被他盡收耳裡。

口拙的我轉不開話題，向陽幫了這個忙，「所以你和你哥差不到一歲？」見我點頭，「你爸媽真努力……」

這吐槽我聽了無數次，大家總愛聯想到鹹溼場面。但對我來說，那是日日相見的親人，根本無法銜接什麼激情要素。

「我跟我姊、我哥差了十歲以上，所以小時候都一個人。」向陽看著對街的公車站牌，不知怎地突然說起私事，可能是受到我剛才坦誠相見的影響吧。

「……我算是單親家庭，就我和我媽兩個人，我姊他們很早就結婚搬出去，小孩都生了好幾個。」他依舊注視前方，如同陷進自己的世界般。「我爸是韓國人，不常在台灣，偶爾來一次，每次來都能聽見他和我媽在房裡幹……那檔事。」講到這他露出苦笑，「聽說我出生時，我爸看到我兔唇就叫我媽把我帶去丟掉。」

我狠狠倒抽一口氣，無法置信入耳的話。世界都進入千禧年了，怎麼還會有這種近似古早時代的憾事！

沒理會我的反應，向陽繼續道：「我爸好像真的偷偷把我丟到路邊，是我媽半夜發現去抱回家的。」他轉頭看著我，殘缺的唇揚起迷人的笑，「我不恨他，但也沒有任何感情，手術的錢以及生活費都是我媽做清潔工辛苦賺來的，所以我書不讀了跑去工作，不想我媽太辛苦。」

忽地厭惡起自己家庭的和樂和幸福，讓我無法在此刻感同身受說出一些安慰的話。「你爸……好過分……」彆腳地吐了這麼一句，我拚命回想看過的電視劇或是電影，試圖找出能用的台詞，因為向陽的世界與我太過不同。

「我小時候是住台北的，和第一任共同養了隻拉不拉多，牠超可愛的！」或許是想到愛犬，他的語調明亮起來。「不過搬來高雄時沒有帶牠，留給前任了。」

儘管知道這些過往帶著不可抹滅的傷害，我仍無恥地在內心感到欣羨。這人不僅外表，就連背景也這麼絢爛，光小時候即完勝我整個人生的起伏跌宕。幾年前國三的時候，我竟然是在為了撕推甄報名條而煩惱，也太無聊了。

「我偶爾上台北時會去看我家拉拉，好險牠沒忘記我！」

不確定向陽這句補充是否藏有意圖，不過我深知我的心底漫出一絲絲醋意，因為這意味著他會和前任見面。察覺過於明顯的寂靜，我趕緊接腔，「有機會我也想看，我喜歡狗！」

哇賽，這回得也太爛了，我低下頭，卻又偷瞄著向陽，視線忍不住落在那夜色也掩蓋不住的疤痕，竟一股腦兒地脫口說出心裡話，「我覺得疤……很好看……啊、我不是說兔唇很好，我是指，我不在乎……」

「謝謝，你的反應和別人不一樣。」

對話停格半晌，我們處於舒服的沉默。接下來，當高雄這塊屬於年輕人的鬧區愈加喧囂時，我們聊起彼此的學校生活。

家族中沒有人念高職，所以我對技職學校的生活一無所知，那些對向陽而言的稀鬆平常皆是讓我瞳孔震動的酷事。

被喜歡的學長扛著回教室；叫囂、幹架只為了替班上同學出氣，誰對誰錯不重要，傷到自家人就是要祭出拳頭相挺；追心儀對象時絕對是全員助攻，之後得在走廊上和另一半大吵大愛，全校都要知道這段關係；打教官被記過也屬正常，被停學更是家常便飯，反正怎麼暢快怎麼過。

我彷彿在讀一部冒險小說，情節生動到令人鼓譟，不禁再度深深厭惡起「資優生」這個標籤。畢竟我講來講去都只有和同學互借筆記、比模擬考成績或是下課十分鐘猛讀等會兒小考的講義等。

實在受不了自身的平庸，我不由自主地嘆了一口大氣，不經意又瞄到那破褲中的肌膚。「可以再讓我看一次你男友的照片嗎？」我詢問，好奇風雲人物喜歡的是什麼類型。

「可以啊！」向陽遞來手機，讓我自行端詳貼於背後的大頭貼。

依偎在向陽身上的是一名可愛型男生，每張貼紙均做著俏皮的動作——包括親臉頰和摟抱。

向陽突然湊過來和我一起欣賞，空氣中再次迸出迷幻的香氣。

「我沒有特定喜歡的型。」

聽聞這句告白，我嚇了一跳，以為向陽會讀心，因為我既不可愛也不帥。「是、是哦……」他的一隻手臂圍在我身後，距離從零到負，我根本無法冷靜。

「第一任是學長，像大哥哥一樣喜歡照顧人，我們一開始其實滿開心的。」向陽掏出皮夾，從中拿出一張拍立得遞過來，上頭是他與另一名男生的照片。我馬上理解這是他口中的第一任，的確和現任完全不同型，光憑外表來判斷的話，是屬於那種成熟穩健風。

「你……都留著以前的照片？」我的兩眼很不禮貌地掃視了尚未闔上的皮夾內部，似乎還有其他張拍立得。

咻！

單手抽走我手中那張小照片放回皮夾內，同時取回手機，向陽的嘴角掛著難辨意思的微笑，「對我來說，分了就是分了，有沒有留這些不代表什麼。」

數不清是今晚的第幾次震撼，學到新價值觀的我連連點頭，對向陽的好感又升高了一些，這人成熟的大人氣度好耀眼。

多聊了一陣，我坐到屁股發麻，他提議起來走走，於是我們沿著城市光廊繞了一圈。鮮少走路的我竟不感到疲累，滿足於這趟配合彼此步伐的夜間散步。

與坐著不同，走路時我們之間有著一道小小的橫溝，讓我有點扼腕。

垂在他皮帶上的鏈條因跨步而時不時發出聲響，聽在我耳中又是另一波悸動——向陽連走起路來都這麼獨特。

繞回原點，時間來到晚上九點多，他問我怎麼回家，我抬手比著下個路口的大立百貨，「機車停在那，你呢？我家就在附近。」

「我要去找朋友。」向陽比著反方向的新堀江，「晚上要去唱歌。」

禮拜五的夜晚就是應該那麼精彩，我在心中註解。

隨著分秒逼近的離別，一股難言的鬱悶竟在胸口拓散開來。「……我可以傳簡訊和你聊天嗎？」我慌張地發問。

「當然，我也會。」

我大概露出了很蠢的表情，只見向陽抿唇憋笑。接著我們原地解散，正好一左一右，並沒有特地約下一次，不過有種一定會再見面的確信在我的心底萌芽。

這晚，是我有生以來最開心的一晚。

第4章　升溫

高三最後一個學期充斥著各種壓力。學測沒考好、推甄也沒上半間的我認命地準備指考，日子過得沉悶、壓抑。

而替這愁苦生活帶來生氣的，是和向陽一來一往的簡訊。

「我最近在聽Zip的歌，你聽過這團嗎？他們那首〈用心〉好像我現在，我男友又在鬧分手……」結尾有個哭臉的表情符號。

課堂間，一留意到桌子的震動，我立刻拿手機出來偷看。剛才理解完的歷史脈絡頓時被拋到九霄雲外。邊觀察老師動靜，我吋吋地打起字回信，決定下課後跑趟唱片行去找那張專輯。

我太想跟向陽同步，全面染上他的喜好、沉浸在他的心境中，因為我深信那裡有著答案，一個能讓我逃出迷霧般人生的答案。

「我去找來聽聽看！那你還好嗎？不要太煩哦，隨時可以找我聊！」這大概是示好時的鐵句，把對方視為生活的全部卻甘之如飴。

原來他現在愛得那麼辛苦……好捨不得，如果是我的話——

咚！

一個突兀的聲響和彈到臉上的東西拉回注意力，我嚇得抬頭，驚見講台上的老師朝這邊瞪了一眼。於是我趕緊按下發送，把手機收回抽屜，揮手擦拭額際的髒汙。

桌面有著老師精準射來的粉筆痕跡。

隔壁的阿志正在嗤嗤竊笑，並在下課後馬上過來調侃，「阿哲，你談戀愛了齁？不會是和你的副社復合了吧？」

「你小聲一點啦！」我投去一個瞪視，再飛快用眼神打量有無被其他同學聽到。先前即使我和副社親密過頭的互動在校園內相當可疑，但只要沒露出破綻，兩位身為班級前三的人聚在一起絕非壞事。畢竟，若非出於對性的懵懂和好奇，亦或是對性徵的嘲諷，男生和男生相觸，乃至於相愛，看起來是多麼噁心的一件事。

為避免不必要的麻煩，除了極少數幸運擁有的理解者，和副社那邊的應援團之外，我把性向這件事偽裝成霧裡看花的謎團，還能興致勃勃地跟著大夥兒討論喜歡的女孩類型。

確認好周遭僅有我們二人，「屁啦你少亂講！我現在又沒對象。」不耐地啐了聲，我回頭檢查起有無向陽的回覆。

「那你幹嘛一直看手機？蔡公的課你也敢亂來？」

「唉唷，就……就家裡有點事嘛！」我打著哈哈敷衍，看見沒有新訊息時不免低落了一下。

「什麼事？還好嗎？有事要說欸！你這幾次小考都沒及格……」友人關切道，比我還擔心這陣子表現不佳的學業。

「沒事……」答到一半，手中的小機器震動了，我馬上切斷對話，把視線移向手機螢幕。

——你真好！

這三字主宰了我今天的心情，嘴角不禁揚起傻笑，讓一旁的阿志直搖頭嘆氣。

「阿哲你今天載我回家啦！騎車快多了，不然公車好擠……」

「不行啦，我要去玫瑰買ＣＤ，你自己搭車。」察覺出阿志似乎打算一起去，我趕忙補充：「買完我有事，這次真的沒空載你，歹勢！」我比了個道歉的手勢，但心中沒有一點愧疚。

阿志撇了撇嘴，沒好氣地抱怨幾句後坐回座位，整理散成一堆的講義。

捱到下課，我匆匆和同學說再見後便小跑步來到停機車的地方，一出校門就一腳跨上，發動引擎噗地騎去不遠的唱片行。

下課時段的唱片行充斥穿著各校制服的學生，我一邊喊借過一邊擠到華語專區，讀著ＣＤ名稱開始沿途找起那樂團，順利在幾分鐘後找到和購入。

捧著像包成禮物的ＣＤ，我心滿意足地踏出，將之慎重地放進車廂。

好想見向陽。

已經在聊天過程中得知向陽在美容院打工的時程，而今天正好是他當班的日子。於是在起了這個念頭之後，我便毫不猶豫地騎往阿萬的美容院。

雖說是去見他，但我不會真的走進去找他哈啦，畢竟人家是在上班，哪像我這麼清幽，什麼生計都不必煩惱。

沿著中華路從七賢路騎到三多路，最後右轉到美容院所在的那條路上。騎車的我不斷瞄著對街，而驚喜發生在我望見目的地的店面那刻——有抹熟悉的身影正站在美容院的騎樓下。

不能稱為站，應該說是在忙。向陽拿著水管和長刷在沖洗店面的騎樓，挽起的褲管露出下方結實的小腿和赤腳，膚色是健康的小麥色，跟我的白斬雞不同。

我刻意放慢車速，享受與向陽處於同一水平的快樂，而專注在打掃的他完全沒注意到來自正對面的注視。

交會的那刻非常短暫，意猶未盡的我騎到路口後立刻右轉，繞了道重騎那條路。我不敢選擇待轉騎去那側道路，深怕對方被這儼如跟蹤狂的舉動嚇到。

不過來回騎了三、四次的我確實行蹤可疑。

整場觀察持續到向陽清完返回店面為止，我滿足到無以復加的程度，連晚餐都不必吃的那種。

當晚我坐在書桌前，手提式音響播著「Zip發射樂團」的歌。隨著中板旋律和由主唱低音詮釋出的無奈，我第一次感到人生不那麼單調乏味。向陽，帶領我看到不同的世界、不同的生命激昂和火花，比只為了升學的人生好上太多。

諸多憧憬織成了心動，盡數成為我期待每一個明天的契機。

「我聽了！Zip的歌超好聽！」我傳了心得給向陽，「你推薦的那首聽了很難過，希望你和男友好好的……」第二封是違心之論，但我知道我必須表達支持的態度。

「下次有空我們一起去唱歌啊！」這次很快就收到向陽的回信，不過他沒提到任何關於心情或男友的事。

「我聽你唱就好啦，我唱歌很難聽。」我也樂得不去談論那名占有向陽的人，順著話題回應。

「哈哈好！」幾乎秒回的訊息讀得我心花怒放。

像在接力的對話持續到「晚安」，時刻已然過深夜，桌上的參考書還停在我打開時的那頁，一字也沒有讀。

⍟　⍟　⍟

考完下學期的第一次月考，提早下課的同班同學約了交情好的幾位去錢櫃唱歌慰勞自己。這次我們沒有騎車，一群人浩浩蕩蕩地搭公車前往幾站外的KTV狂歡。

滿十八歲的幾人囂張地點了酒來喝，這是我們放棄騎車的原因。不過我們畢竟穿著校服，大家還是保有既定印象，維持該有的體面，並不敢太過放肆，僅享受微醺的美好。

我叫了一杯伏特加，對這初嘗的滋味感到疑惑。好辣，後勁還有點燒喉，一點都不好喝。但它引出的茫然感很好，渾身盈滿一股大無畏的勇氣，彷彿不論做什麼都會成功。

大家嘻嘻鬧鬧地在包廂中玩開，吃的吃、唱的唱，還有人負責打拍子。這時突然有人點了蔡依林的〈說愛你〉。那輕快的戀愛氛圍無疑是我當前的寫照，於是我馬上從書包拿出手機，傳了訊息給向陽。

「我考完啦，現在和朋友在錢櫃唱歌，你有空聽一下蔡依林的〈說愛你〉！」

在酒精的助陣之下，我的口吻不免輕佻許多，如同在和多年好友聊天。於此刻，我壓根沒思考這首歌能代表什麼。

由於處於眾樂樂的場合，我不像平常那樣那麼在意回覆。不過這次手機尚未放下，震動便倏地傳來。

我一驚，連續的震動只意味著一件事——這不是訊息通知，而是來電通知。低頭瞧，畫面顯示的是向陽的名字。

再也沒什麼能限制我嘴角上揚的弧度，我咧著嘴，立刻按下接通，同時跑進無人的廁所，壓著耳朵聆聽電話彼端，「喂？」

那頭同樣有著不尋常的喧囂。

「我現在也和朋友在ＫＴＶ欸！你在哪裡唱？」

向陽高昂的嗓音飄了出來。

「真的嗎？」不約而同共做一事的行為莫名令人悸動，「我在中華路的錢櫃，你在哪？」

「是哦……我在堀江這邊的享溫馨。」

微妙的距離，但對沒法騎車的我來說實屬遙遠。「下次有機會我們一起去唱歌！」聽到那端傳來高歌中的男聲，忽地覺得羨慕。

「好啊！你等一下，我點蔡依林的那首歌來聽。」

我聽見向陽在那頭說要切歌，接著沒多久，熟悉的旋律立體地迴響在我耳內。那邊有人在幫忙唱，我們兩個只是安靜地一起聽。

一開始　我只顧著看你
裝做不經意　心卻飄過去
還竊喜　你沒發現我　躲在角落
忙著快樂　忙著感動
從彼此陌生到熟　會是我們從沒想過
真愛　到現在　不敢期待

歌曲進入間奏，我仍屏息不敢出聲，暗自祈禱對方不要嫌棄我喜歡的音樂類型。雖然也想聽些有個性的地下樂團，但實在不熟不懂。

　　我的世界　變得奇妙更難以言喻
　　還以為　是從天而降的夢境
　　直到確定　手的溫度來自你心裡
　　這一刻　也終於勇敢說愛你

在腦中勾勒ＭＶ的劇情，我一邊晃著身體跟上節奏至結束，然後緊張地等著彼方回應。

「……我知道了。」

向陽充滿笑意的聲音如仙籟，助長酒精燒融我的理智。

——好想站在他的身旁。

此刻的我強烈地這麼渴望，以至於沒特別分神去追究這句我其實聽不明白的感想。

我們在各自有約的情況下閒聊，直到外頭友人敲門說要上廁所才不得已結束。

「下週找個時間出來吧！」

掛上電話前，向陽提出我期待已久的邀約。

「沒問題，我什麼時候都可以！」阿莎力地應允，我抱著雀躍的心情回到包廂，又重點了一次〈說愛你〉來唱。由於嗓子和勇氣被酒精及向陽的存在打開，我唱得比任何時候都盡興，不再在意高音唱不上或走音。

僅僅因為一個人的出現，生活竟變得如此有趣。

第5章　顛覆

為了即將來臨的第二次見面，我陷入比準備指考還煩惱的困境。對於打扮已然黔驢技窮的我盯著衣櫃發愣，憎恨自己的零品味。

裡頭的衣服全是媽媽從菜市場或是商場買來的大眾款，褲子是那種看不出曲線和身材的寬褲，顏色也俗到爆炸，上衣就更別提了。

混在一起只代表一件事——這人沒有個性。我不敢回想第一次在美容院相遇時的穿著，根本和睡衣無異。

向陽竟然答應和那樣的人交換電話，甚至約出來見面……喔那人還放他鴿子呢！

我走到浴室照鏡子，戴著近視眼鏡的臉看起來真的好蠢。我脫下眼鏡繼續凝視鏡中的自己，驀地想起漫畫或卡通中常有的情節——不起眼的四眼田雞一脫下眼鏡即變成天菜的橋段。

一個靈感倏地閃過，我馬上跑回房間，拿出眼鏡盒端詳，LOGO下方有一組電話號碼。這家眼鏡行是我媽高中同學開的，我們一家子全在這裡配眼鏡，儘管款式有些呆板，但出於對專業的信賴，從未有過二心。

我悄悄關上房門，拿出手機撥打眼鏡行的電話，壓低嗓子和熟識的櫃台人員交談。

過了幾天，跟媽媽表明晚上要跟同學留在圖書館溫習後便出門上課，書包中放著幾張千元鈔，這是慢慢存了好一陣子的零用錢。

「阿哲，你最近很難約欸！好不容易我考到駕照也買了車，都沒機會一起去兜風！」中午吃飯時間，阿志邊吃邊抱怨，「不管，今天你一定要陪我，我們去——」

「我今天真的有事啦，改天好不好？」

「吼呦！一個人跑山很無聊吶，你今天要幹嘛？」阿志咬了一口學校便當的硬排骨，無趣地發問。

「嘿嘿……我要去買隱形眼鏡！」賣不了關子，我直言道。幾天前和眼鏡行的人偷偷訂貨，幸好對方完全能理解青春期少年注重外表卻怕爸媽責備的心態，義氣地答應幫忙掩飾，甚至照樣用親友優惠賣給我。

「欸騷包的考生欸！怎麼突然想到要換隱形眼鏡？」

「就……想換個造型嘛。」

阿志的眼神明示他不信這個說法，但識相地沒追問，「好啦，以後讓你補。」接著他把話題帶到模擬考的試題上，碎念起這次物理老師的狠勁，弄得大家平均都不及格。

成績和念書是我目前最不關心的事，該背的公式或古文都壓在和向陽見面之後，小考什麼的完全靠瞎猜。

當天下課，我騎著車趕去遠在鹽埕區的眼鏡行，一進去就緊張兮兮地確認：「沒有跟我媽講吼？」

「袂啦，隆嘎哩供喝啊（不會啦，都和你說好了）！」從小姐做到阿姨年紀的櫃台人員自架上拿下一袋裝好的東西，從中取出一盒試用包及一根小夾子，「你眼鏡脫掉，我教你怎麼戴。」

經歷無數次夾起、擺好、對準眼球貼附那個透明藍的小東西，總算抓到訣竅並配戴成功的我，實在難以言表不必戴眼鏡即能看清世界的震撼。睽違四、五年之久，臉上無需乘載任何重量。我興奮地盯著鏡中的自己，一雙眼睛比想像中還有神，整個人看上去清爽多了。

——這邊頭髮再抓一下的話應該還算潮。

我邊照鏡子邊思考新的造型，一旁的阿姨無奈地笑了笑，著手幫我結帳。

「這是清潔液和盒子，沖洗完泡著就行。你左右邊的度數不一樣，不要戴反了，啊要記得不可以戴著睡覺哦！」阿姨貼心地再三叮嚀，然後把換回眼鏡的我送到門口。

帶著雀躍的心情騎回家，不過我的改造尚未結束，距離見面只剩兩天。

隔日下課，我把複習用的考卷塞進書包後便匆匆跑去牽車。今天的目的地是新堀江，得去添購一些新衣服。

這是我第一次自己逛堀江，出於害怕，我頂多在路面店選購，不敢踏入水深的內部迷宮。而預算有限，我挑的是店員推薦款，百搭又有型。

採購完畢，零零總總花了好幾千塊，共收穫了兩件上衣和一件牛仔褲，還買了一雙經典黑色 All Star，算是沾上一點向陽的影子。

就在我提著戰利品準備去停車場時，不經意瞄到一家飾品店，其門上貼著一張文宣——代穿耳洞，一個五十元。

又有什麼在心中鼓譟，告知著這才是該擁有的青春和人生態度。腦海不禁浮現出向陽耳朵上帥氣的擴洞，想擁有相同事物的心情一發不可收拾，於是我轉了方向，筆直地朝那家小店邁去。

說實在話，當年紀沒大我多少的年輕女生不斷揉著我的耳垂，並用酒精棉片消毒時，我都不感到緊張。是在她拿起油性筆做記號和擺好打洞槍時，我才開始忐忑。不過此刻的我已如被趕上架的鴨子，回不了頭，只得硬著頭皮聽聞指示，等待那第一個穿空疾聲。

喀！

生平第一個耳洞來得平順，透過連綿不絕的刺痛告訴我它的存在。

「還有左邊。」

不等我反應，店員已經熟練地在完好的耳垂上畫好記號，喀地穿好洞。這一次我叫了出來，兩手握成拳擺在腿上，遲遲鬆不開。這麼小的洞都難受成這樣，向陽耳朵上的大洞和舌環該有多痛。

「一個禮拜後拿掉，換戴這組，洗完澡要吹乾，如果傷口流膿的話擦這個藥膏。」

聽著女性店員制式的解說，我努力克制手抖地付錢，然後提著袋子離去。

解鎖一項成就的喜悅開始發酵，走在堀江的路上，我突然不再自卑，展現意志主權的這項小決定讓我多了自信。我現在是有耳洞的人了，不是大家眼中的「乖乖牌」！

抱著這樣不知道在對誰抗辯的高昂，我悠哉地騎回住家大廈。停好車，我不斷確認後照鏡，把留長的頭髮往前撥，以免耳洞露餡。被哥哥知道還好，問題是觀念保守的父母，要是被他們抓到，鐵定少不了一頓責罵，或許還會逼我拿下來。

所幸在我精心的掩護之下，耳洞一事瞞天過海地闖關成功，無論在家裡或學校，這兩個猶如徽章的小玩意穩穩地留在耳垂上。

雖然洗頭髮和洗臉時仍是個挑戰，因為我會慣性地忘記那裡多了新住民，常不小心碰到，每每皆痛得我全身狂起顫慄，得趕緊掐其他部位來分散痛楚。

阿志看到耳洞時也面露詫異，對於我敢違反校規一事嘖嘖稱奇。但不愧是我的好麻吉，反倒是他在幫我盯有無穿幫，有時還替我擋住教官和糾察隊的視線。

兩天來，我不斷聽著Zip的歌，耽溺在朝向陽邁進的過程中。希望當他發現這些共同點後能對我刮目相看，進而興起一些些……好感。

第6章　點歌機

週六的新堀江人滿為患，彷彿全高雄市的年輕人都來到這。我向來避開週末時段到這處，因為人多總讓人覺得有些恐慌，儘管未著校服，依然害怕自己的平庸會被突顯出來。

向陽約了下午，地點在堀江地標之一的麥當勞。習慣提早到的我原先站在門口，卻慢慢退到隔壁店家的門柱，想隱身成背景。

我換了整身行頭，為怕鞋子太新反而丟臉，前天還拿舊鞋刻意踩髒，營造出年代感。可是此刻孤身站在這擁擠的人潮中，帶著所有新元素的我仍顯得格格不入。

過了約定時刻幾分鐘，我不安地探頭眺望前方的紅綠燈，試圖從類似萬頭鑽動的過馬路隊伍中找出熟悉的身影。

「哇你好準時。」

向陽的聲音從無預警的方向傳來，我獲救似地回過頭，故作鎮定地打招呼，「向陽！」這聲好像過於高亢，我旋即壓低嗓子，「沒有啦也才剛到，我怕找不到停車位。」

「你今天不太一樣……咦？你的眼鏡咧？」向陽從頭到尾地打量我，像在品鑑什麼古董般。

被看得不好意思的我撓著頭，手指笨拙地抓著被髮蠟結成綹的髮梢，若有似無地露出耳朵，「哦就……就今天改戴隱形眼鏡。」

「你不戴眼鏡比較好看！」像是符合標準般地滿意點頭，向陽笑著注視我的臉。「怎麼不知道你有穿耳洞，吼——好學生學壞嘍！」

「又……不是，就、就想……穿穿看。」那日肉被針刺穿的感受倏地復甦，我不禁皺起眉，委屈地說了感想，「穿耳洞有點痛欸，你竟然還穿舌環！」

聞言，向陽炫耀似地吐著舌頭勾捲，取笑道：「好弱！」不過他的下一步舉動著實嚇到我。只見他忽地伸出手，指尖輕柔地沿著我的耳朵外緣遊走，貌似在給予獎勵般。「很適合你。」

克制不了臉紅，我緊張地回了「謝謝」，張著嘴再也不知道講什麼。

溢出呵呵輕笑，向陽鬆開手，「先進去吧，你吃了嗎？我剛睡醒過來，什麼都還沒吃。」他已推開麥當勞的透明門，「你要吃什麼？我去點，你去找位置。」

「啊……那、那……」腦子如塞滿棉花而運轉不了的我跟著踏進麥當勞，獨特的人工香撲鼻而來。雖然已吃了媽媽做的午餐，但為避免掃興，我直接鎖定套餐組合，「你幫我點五號餐，飲料可樂，錢我等下給你。」

眨著調皮的眼神，向陽隨興比了ok的手勢便前往點餐櫃檯。他今日的打扮同樣出色迷人。

不曉得是否為錯覺，他一往前，人群似乎自動讓開闢路，猶如在迎接巨星。

向陽鮮明的背影彷彿散著光芒，我看傻片刻才回過神，硬著頭皮隻身朝二樓的龍潭虎穴邁進，那裡聚有更多特立獨行的人。

其實我比較想要角色對調——我去點餐、向陽去找位置。

活脫是個迷路小孩在找家長，找位子的我惶恐到極點，那些不經意抬眸的注目都像在嘲笑。我只得不斷告訴自己不能讓向陽失望，一定要找到位置。

幸好遇到要離開的一組人馬，讓我得以在類似中島的長桌那占據併坐的兩張空位。不過乾等時刻同樣難熬，無事可做的我把視線鎖定在樓梯口，手緊抓著占位用的背包，期盼下一個踏入的是那人。

當見到原本要下樓的女生突然收回步伐，並過分親切地微笑對底下的人說「你先」時，我立刻知道是向陽來了。

果不其然，向陽端著盛有澎湃餐點的托盤踏上二樓的地板，幾乎一下子就找到我。「久等啦！我還想說沒位子的話去我店裡吃。」

這時我才得知原來向陽已經辭了阿萬那裡，改到堀江裡面的一家飾品店工作。

「現在那邊錢比較多。」他淡然地回答，一邊嚼著剛炸好的美味薯條。

「啊、我的多少錢？我先給你才不會忘記。」雞塊吃到一半的我猛然想起付錢的事，慌張地準備拿錢包。平常的我不會這樣失態，只是待在向陽身旁，好像什麼都能脫軌一些。

「不用啦，不然下次換你請。」向陽喝了一口可樂潤喉，忽然拿起紙巾擦手，「我再去要點糖醋醬，等我一下。」

「咦？」點雞塊餐的是我，就算嫌不夠，也不該是向陽去幫我拿。「向陽等——」不等我說完，那身影已一溜煙地下樓。

乾等難熬，但獨自吃東西更難熬，每一口都吃得極為謹慎。不僅是為了讓自己有事做，也擔心太快吃完的話，向陽特地幫我拿的糖醋醬將無用武之地。

這樣忐忑的處境在聽見店裡ＢＧＭ換歌時消散，因為——響起的是蔡依林的那首〈說愛你〉。

或許是相準這區的年輕客層，堀江這家麥當勞有個與其他店不同的特色，即是一樓設有一台投幣點歌機，讓大家可以自行點喜歡的歌來放。

不過我從來不敢嘗試，連貼在牆上的操作說明都不敢停下腳步來讀。畢竟要全店的陌生人聽我喜歡的歌曲，那該有多尷尬。況且在那之前，還得在眾目睽睽之下站在機台前挑歌，這完全超出我能負擔的精神壓力。

輕快的旋律安撫了慌亂，兩腳不禁踏起節拍。沒多久，向陽一手拿著糖醋醬，颯爽地返回。

在這一瞬間，我知道點歌的人是誰了。

「吶，醬給你。」向陽坐下，把入手的三個糖醋醬放至托盤，接著上身半趴在桌上，一手托腮看向我，那模樣瀟灑極了。「你傳那首歌來的時候，我問了我朋友，問歌名的〈說愛你〉是什麼意思。他們說……是要告白？」

咳——我差點被自己的口水噎住，雙眼圓瞪地望著面前那飽含喜悅的瞳眸。我當時沒考量那麼多，就是喜歡這首歌的氛圍，忍不住想分享罷了。但……誤打誤撞地傳了心意似乎也挺好。「我……我……呃……那個………」該說嗎？可是人家有男友，說了又如何？搞不好會把關係搞僵。

在我支吾的期間，歌播完了，跳回店裡原先的音樂。

向陽拿出一枚十元硬幣擺在桌上並滑到我面前，「換你去點。」

我的眼睛瞪到不能再大，把十元硬幣上的細節看得澈底，連製造年分都背下來。然而，在那雙炙熱眼神的注視下，一直以來害怕的事突然變得無關緊要，甚至興起亟欲完成的衝勁。「好，等我一下。」

握住那枚硬幣，我走下樓，筆直地朝那台點歌機走去。一首十元的價格是剛才得到的新知識。認真研究如何使用，現在誰的注目都影響不了我。儘管操作的手仍自然發顫，但其實一點都不難，跟在KTV點歌沒什麼兩樣，步驟變成投幣及翻頁挑歌而已。點完，我好奇地站在原地等著音樂是否真會如願播放。

未幾，從鼓聲入曲的前奏響起。周圍的人在竊竊私語，說道：「怎麼又是〈說愛你〉？」

我不予理會，腳步輕盈地返回二樓座位，看見向陽一臉笑意地等著我。

這一刻　我終於勇敢說愛你

對到眼的剎那，歌曲剛好來到這一句。有什麼東西在發芽，蠢蠢欲動著鑽出心土。這時我才真切地看清向陽的長相，不再有任何實質或心理上的阻礙。

他有著狹長且尾端微上勾的眼型、整齊乾淨的濃眉，上唇的疤反倒襯出鼻子的挺，劃出一股率真和野性。

我猜，此刻盯著他看的我，鐵定眼中閃著波動的星光。

前方的向陽笑得更燦爛了，他用手指輕敲桌面，催促我過去坐。

我也朝他咧嘴笑了。

接下來，坐在麥當勞的短短兩個多鐘頭內，我們沒有特地繞著這事講，因為有其他方式代為催生。

不確定是堀江的客人還是店員，總之時不時遇到來和向陽搭話的人，通常他們會快速地打量鄰座的我。

雖然因嶄新打扮和向陽身旁的這個位置，讓我比往常多了點自信，但骨子裡那股自卑依舊揮之不去，認為自己不配在這。於是我會低下頭避開視線，裝作不存在，連禮貌的回應都做不到。

「這是我好朋友。」向陽大方介紹，手掌覆在我的手背上。僅是蓋著，沒有特別握住還出力。

「哦哦！」明眼人一看這舉動就能理解是何意思，點點頭露出曖昧的微笑，不再追問便離去。

在這個年紀，情感向來不是用濃烈的言語來表達，這生澀的動作已然傳達一切。我的心情誠如開頭的歌詞所述——

我的世界　變得奇妙更難以言喻
還以為　是從天而降的夢境
直到確定　手的溫度來自你心裡

堀江的麥當勞，謝謝你！這是我今天回家時的心聲。

第7章　定情曲

說起來，儘管向陽釋出特定訊息，但要不要接和怎麼行動全在於我，而我……不願錯過。

自從在麥當勞的第二次見面後，我和向陽之間變得熟絡，一天幾十封簡訊，每封都在挑戰字數的上限，常常在鑽研最佳詞彙和語意，算是間接鍛鍊了我的作文能力。

向陽有著和外表不同的細膩性格，錦上添花地提升我對他早就爆表的心儀度。

「如果有下輩子，你想當什麼？」

正在聽老師講解地理的月考試題，已被我握在手中的手機震動了幾下。讀完內容，我馬上把複雜的貿易地緣理論扔到一旁，專心思考起向陽拋來的申論題。

下輩子嗎……

「我想當警察，然後臥底到向陽的學校，暗中保護你……」

我把這題當成小說在作答，認真地寫了我和向陽的人物關係和其後發展。或許是前陣子上映的港片《無間道》太過轟動的關係，那種警匪臥底的互動實在令人心馳。

反覆讀了幾遍確認通順度，這才心滿意足地按下發送，課堂只剩不到十分鐘就能下課。

向陽的回音有些遲，大概是在理解或打字。

鐘響時，手機恰巧捎來回覆。

「哇你好有趣，我沒想那麼多欸。如果是我，就想過得普通一點，和喜歡的人養隻狗，簡單過生活，當個平凡人。」

向陽的答案讓我心疼，這些是我認為這輩子隨時能做到的事，但放在他身上，竟然是項遙不可及且需要寄託在來生的願望。

突然對我的長篇大論和不知人間疾苦的天真感到難為情。

想守護這人的心衝到高點，「以後我們一起養！以前小時候養過馬爾濟斯，不過我也很想養養看拉不拉多那種大狗！」我穩健地給予支持，表達會站在他那邊的決心。

這類偶爾能窺探向陽內心的對話持續一陣子，我因為更加理解他而得意，想和他在一起的念頭日漸強烈。

但是我仍恪守道德界線。向陽有男友，我必須尊重他們，不能逾矩和破壞。

⍟　⍟　⍟

某晚，吃完晚餐的我無意間在電視上聽到近期出道的女歌手新歌，歌詞和MV馬上吸引我的注意，聽完一輪後立刻上網抓來聽並分享給向陽。

「那個王心凌的〈當你〉不錯聽，你有空可以聽聽看！」

或許向陽正在工作，直到睡覺時間才收到他的回覆，而那內容即刻驅散我的睡意。

「你現在打來唱給我聽，我等你。」

心臟如同上台報告般狂跳，我握著手機來回讀著。

在電話裡唱歌？「不行啦，清唱太尷尬，會很難聽啦！」我連忙回絕，絕對做不出這麼丟臉的事。

嘟嘟——

「不會，我想聽。」向陽幾乎秒回。

不願掃向陽的興致，我走下床確認門扉關好，而後折回床上，躲進棉被裡，撥下已背得滾瓜爛熟的號碼。

鈴響沒多久即接通，為避免太過突兀，我先進行日常慰問，「你剛下班嗎？辛苦了，晚餐吃了嗎？」

「嗯，在等公車。」向陽的聲音慵懶中透著些許疲憊，「剛在店裡有吃一點強哥買的滷味。」強哥是那間飾品店的老闆，滿照顧底下員工的。

或許是要唱歌的緊張在作祟，我竟沒接話，讓空白恣意產生。不過向陽不以為意，反倒出言引導，

「我在等你唱欸。」

意識到停頓，我趕緊補上，「我還不太會，先唱副歌就好哦！」但副歌才是最令人緊張的部分，十足是我目前的心情寫照。

清了下喉嚨，聲帶處於乾涸狀態。我回想著旋律，深吸一口氣，對著話筒開始唱，似乎有點走音。

當你的眼睛瞇著笑　當你喝可樂當你吵
我想對你好　你從來不知道
想你想你　也能成為嗜好
當你說今天的煩惱　當你說夜深你睡不著
我想對你說　卻害怕都說錯
好喜歡你　知不知道

餘音還盤旋在腦中，我有種恍如隔世的錯覺。而此刻，電話彼端傳來滿足的輕笑，「唱得很好聽啊！」

「哪有，都破音了！」明明躲在棉被中，我仍一手摀著臉遮羞。

「喂！」向陽忽然這麼一喊，我的心懸了起來，屏息等待下一句。

「我和男友分手了，你要不要和我在一起？」

那一晚，我難得不是因為課業而失眠，雀躍的心情始終平復不了，傻笑到隔日早晨也未退。

那個向陽、那位耀眼如太陽般的人竟然願意牽起我的手，讓我站到他身邊。

雖然〈說愛你〉比〈當你〉更強烈，不過前者比較像是契機，使我注意到了萌生的心動，後者才貼切地描述了我對向陽的心意和渴望。

兩首歌曲，訂下了我與向陽的關係。

第8章　叛逆

自從得到「向陽男友」這個身分，我便一刻也耐不住分離，二十四小時都想和他膩在一起。上學成了麻煩的事，因為思念他的時間全被占據。

雖然我把心不在焉的狀態隱藏得不錯，但一落千丈的學業成績如實地反映了我的行為。段考、模擬考的排名變成倒數，交白卷的情況屢屢發生，而進行到一半的考古題則成為廢本。

甚至當心煩的時候，我乾脆翹課。早上穿著校服出門，機車卻非往學校方向，而是漫無目的地在大街上遊蕩，藉由兜風來緩解對向陽的思念。課堂的出缺席不重要，反正已無需在校表現來做為升學的評斷，只剩兩個月後一翻兩瞪眼的指考。

我沒告訴向陽這些，擔心我的喜歡過於沉重會讓他感到窒息。記得他說過第一任總愛束縛他。

可惜心頭被點燃的火花依舊緩不了，我亟欲體驗有向陽的新世界，或者說，亟欲提升自己到他所在的檔次。這被讀書、學歷、競爭、比較所填滿的枯燥人生讓我深惡痛絕，再也不願跟單一標準同流合汙。

於是某日夜晚，我慎重地向家人提出想外住的要求。我把成績低落歸因於環境，因此需要一個絕對安靜的地方來準備最後衝刺。

我知道父母為了顏面會接受我的無理要求。即便嘴上不說，但他們在無形中不斷釋出心中期盼——這家得出一個上大學的孩子。畢竟，念五專的哥哥已經沒法實現這個願望。

愛子心切的我媽不僅答應，還大手筆地幫我到附近新落成的大廈租了一間月租套房。那裡鄰近愛河，對街坐落社區公園，整體環境清幽、住戶單純，且是飯店式管理，有極佳的安全性。

我們家的家境不算寬裕，不過或許每位望子成龍的父母都捨得這樣花費吧。儘管罪惡感在我察覺那房間有多豪華時倏地升起，卻不敵我想在此和向陽獨處的欲望。

入住的第一天當晚，我馬上到附近超商買了一堆那種需要開瓶器的瓶裝台啤，冰進房東提供的冰箱中。

端詳這些象徵大人的物件，跟穿耳洞那日一樣，我有了主宰自己人生的暢快感，體會到自由的滋味，不必再沉淪於庸庸碌碌的日常中。

不太會用開瓶器的我奮力開了一瓶來喝，瀟灑地不使用杯子，就那樣抓起玻璃瓶對口灌。

啤酒的苦澀充盈口腔，我忍不住噁了一聲，滿腔排斥卻止不住手，因為要好好慶祝勇於跳脫傳統規範的這日。

我帶著飄飄然的心智和些微反胃去洗澡，然後回到房東來不及裝窗簾的敞露臥室內。其實這間套房的裝潢還沒完工，客廳部分仍看得見裸露的水泥，廚房的瓦斯管線甚至沒裝好，所以無法自炊。但房東太太挨不過我媽的請求，便破例提早出租，可是房租倒是沒便宜多少。

房內那扇窗對著的是周圍公寓的後陽台，景觀就是一片水泥叢林。我暗自觀察外界一會兒，有著敞明我暗的莫名快感。

低濃度的酒精在體內發酵，腳步逐漸站不太穩，我晃顛地走到那張寬敞的雙人床上躺定，先傳簡訊給父母道晚安，之後便欣喜地打起給向陽的訊息。

向陽很早就知道我要外住的消息，不過他實在太忙，除了工作之外，還有各種朋友的邀約要參與，因此得過幾天才能來訪。

他的這些行程都是成為男友後才得知的。縱使對無法待在他心中第一位這點頗有微詞和醋意，但為了避免被討厭，我將不滿和寂寞壓在心底。

外頭灑進的人工光線隱晦地照亮室內，盯著陌生的天花板和陳設，我沉沉地墜入夢鄉。

帶來的教科書自始都堆疊在袋子中，沒有改過位置。

第9章　牽手

搬出家住的事我沒有跟同學說，不曉得為什麼，這所明星高中被我認定為舊時代的遺毒，能撇除就撇除。儘管結交到畢生摯友，卻講不出向陽的事和我所做的那些決定，除了新增的耳洞之外。

「你又穿了？」阿志不可置信地望著我露出的耳朵，左右耳垂上各多了一個小黑鑽。「你媽都沒發現？」

「這就是沒髮禁的好處啊！」我把頭髮兩側的髮流撥順，耳洞登時掩沒。「好啦，你幫我換，新的洞我還不敢自己動手。」我改為側坐，把酒精棉片和新買的耳環拿出來。

自己戴的話難找到路徑穿越，有時耳環得在肉裡不斷繞路才竄得出頭，那體感滿可怕的。尤其新洞的內部尚未完全癒合，這樣做的時候會產生令牙齒酸軟的痛覺，不小心還會弄出膿血。

阿志也不擅長這類細活，只好呼喚班上的美術股長來操刀，於是在圍觀之下，耳洞成功掛上從向陽店裡買來的銀環。

隱形眼鏡的事在前陣子不小心被家人抓包，但我媽意外地不表意見，甚至怪我幹嘛隱瞞。所以厚重的近視加散光眼鏡已經完全被我捨棄在家，只有當眼睛痛到戴不上隱形眼鏡時才會拿來使用。

「阿哲，你有在念書嗎？」阿志盯著注意力擺在摺疊鏡子的我，忍不住擔心地發問。

「沒有欸，不想讀。」雖然直言不諱，不過更深的真意被我藏得很深。在決定踏進向陽的世界時，我便打算全面放棄這迂腐的環境，澈底擺脫外界期待的「資優生」形象。沒考到學校無所謂，學向陽去工作賺錢也不錯。這是我的人生，要怎麼做是我的自由。

阿志一副欲言又止的模樣，卻終究沒說出口，「哦……」

啊，我們好像曾經約好要一起考上北部的公立大學。他想念歷史系，我則是語言。

我聳肩裝傻。算一算，高中生的日子再不到一個月就要結束了，而我和這些同學的情誼不增反減，一點都沒有離情依依的氣氛。

晚上回到沒有電視和網路的套房，這寂寥條件無損我高昂的心情。我常窩在被褥中聽音樂發呆或是寫寫日記，記錄每一個當下對向陽的情意，無論如何放肆都無人管束。

幾天後的禮拜五晚上，吃完便當的我仔細打掃了這神聖的小天地，因為明天是向陽第一次來的日子。

終於能見面了。

⍟　⍟　⍟

週末的新堀江一如往常地擁擠。這天向陽是早班，大概傍晚六點多就結束。我趕在他下班前到約好的那間麥當勞前等待，四周人潮多到我又畏縮起來，不安地直盯著預期中的方位。

在我凝視轉為綠燈的路口時，臉頰突然傳來冰鎮的感覺，嚇得我背脊一直，差點叫出來。

「哈哈，這樣就嚇到了？」向陽晃著手中的飲料杯，一臉壞心地取笑，「我幫你買了飲料，然後強哥多買了這些吉羊薯薯，我們吃完再去你家？」他拉著手中的塑膠袋示意。

為什麼這人總是從不一樣的地方登場？摸摸留在臉上的水珠，這才發現燒燙的體溫，我趕緊別過視線。「好……我車子停在大立那邊，那不然去城市光廊？剛好順路。」

「嗯！」

伸手接過那杯給我的飲料，向陽立刻順手幫忙插上吸管方便我邊走邊喝。這不經意的體貼又讓我的心臟高速跳動，兩腳頓時像踩在雲朵上般不穩。

觀察我呆滯的反應，向陽把塑膠袋收到另一端，接著牽起我的手往前走，替我在人群中開拓一條能行走的道路。

手被圈住的悸動大得像雷擊，前方背影絢爛得不輸給周遭亮起的霓虹招牌，「向陽！」我忍不住叫了他，手緊緊回握。

「嗯？」他回頭，同時施力把我往前拉了一些。

「我……那個……謝謝你和我在一起，我很幸福！」謝謝你看上平凡無趣的我、謝謝你願意無懼目光地帶上我、謝謝你給我一個改變人生的契機、謝謝你……拯救我。後面幾句太丟人了我說不出口。

噗哧——過於隆重的致意讓向陽笑出聲，他寵愛地用手摸了摸我的頭，沒說什麼便繼續帶著我前行。

這段路走得太甜蜜了，路人的眼光一點都不扎人，反而像順風一樣，推進我和向陽之間的距離。

抵達城市光廊後，我們坐在初次見面時的位置，人行道上有要去逛街的人，也有前來運動的附近居民，總之來來往往的，相當熱鬧。

邊吃邊聊，話題不知何時轉到接吻這塊。或許是牽到手和累積已久的思念沖垮理智，我體內某種開關被打開了，急於和這人有更進一步的接觸——肌膚接觸。

「啊、你說過你和前任沒親過？」向陽吃著薯塊，口吻稀鬆平常到像在問幾點一般。

「對，因為我想留給認定的人……」我嚼著雞米花，躁動難耐。「那個我……」我在斟酌該如何暗示他就是我認定的人，然後我準備好了，卻又擔心這階段還太快，畢竟才剛開始交往，我們對彼此尚不夠了解。

「前任常抱怨他會被我的舌環勾住，要不就是卡在他的牙齒那。」

「啊？」沒預期會在此刻聽見向陽前任的事，妒意瞬間潮起。「哦……我……我沒和有舌環的人吻過。」這暗示很清楚了，我緊張到正襟危坐，兩手規矩地擺在膝蓋上，如同在進行什麼嚴肅的對話。

「我、我……你……可以……」我小心地往向陽那挪了一些。

這時忽然一顆小皮球滾了過來，隨之一個小男孩的聲音響起，「哥哥幫我撿一下。」

向陽彎身一手抓起，對著飛奔而來的男孩說道：「吶給你，小心不要踢到馬路那邊哦！」

「歹勢歹勢，多謝捏！」一名大概是男孩母親的婦人跟上來向我們致意，隨後牽著男孩的手到後方公園。

疊加出來的親暱氛圍被打散，也難再從頭營造。我慶幸夜色掩飾了我臉上失望的神色，免得給予負面印象。然而，我忘了緊鄰我的人能捕捉到因失意而頹坐的姿勢，以及聽聞不斷重呼的鼻息。

「吃得差不多了，我們過去你家吧？」向陽邊說邊把垃圾收進塑膠袋，拍拍屁股起來，並朝我伸出手。

這紳士的舉動讓我怦然，愈加懊惱剛才沒有明確表達出想接吻的欲望。不過我仍然興奮地搭上那有著纖長手指的掌心，喜孜孜地感受體溫重疊的美好。

第10章　初吻

「要不要吃口香糖？」

向陽有吃口香糖的習慣，不如說他有向那些身障人士購買的習慣。只要遇到坐著輪椅販賣口香糖的人，他一定會上前去買個幾條。為了避免越積越多，就時常塞一塊入口消耗，久了反倒成為不做就渾身不對勁的儀式。

我偶爾也會因同情心高漲而購買，但多半起因於拒絕不了老人家苦苦哀求的推銷，從沒有主動購入過。

走在前往大立百貨的路上，他從褲兜掏出剛拆封的口香糖，自己吃了一塊，然後遞到我面前詢問。

「哦、哦……好啊，謝謝。」我拿了一塊，直到放進嘴中才曉得味道——清涼薄荷，挺適合剛吃完炸物的口腔。

這段路沒有牽手，我將失落全轉到齒間，不斷喳喳地咬那很快就褪去香味的東西，內心焦慮地思考等下該怎麼把話題再次引導至接吻上。壓抑的懵懂性慾如脫韁野馬，一找到可奔跑的路便勇往直衝，什麼都不顧。

走到停於路邊的機車群前，「就這輛。」我比了比外表仍乾淨的愛車，這是考到駕照後得到的獎勵。我的 100 cc 山陽機車其實不重，但我最苦手的是喬車，有時得喬到四、五台才得以牽出車子。而今天，似乎抽到下下籤，左右兩端的機車貼得死緊。我瞄了一眼，估計得先從兩台外的那輛開始動工。「你等一下，啊小心公車。」

喬車的舉動很拙，特別是在面對鎖住龍頭或沒架中柱的車子，因為只能從車尾硬舉。平常我會慢慢邊甩邊滑移，可是實在不想那明示力氣不足的模樣被向陽看見，所以刻意瀟灑地上抬一輛重到手抖的 125 cc 老戰車。「嗯唔……」手腰一線傳來痠痛，我咬牙的齒縫碎出呻吟。

「我來吧。」向陽壓著我的手，自然地把我推到一旁，然後將手中的塑膠袋遞來。「我有時會騎我媽的小綿羊或朋友的 Kawasaki，噓——不可以跟別人講。」他吐了下舌頭，畢竟那是無照駕駛。

聽著解釋，我瞠目地盯著向陽熟練且不費吹灰之力的移車動作，包括剛才入目的俏皮神情，我心裡頭的熱浪更翻騰了。

不到一會兒，眼熟的小車順利牽出，我趕緊上前接手，「我有多帶一頂安全帽。」打開車廂，我取出家裡備來給客人用的安全帽，同時拉出踏板。

跨上車，發動引擎，後座下沉。這次的載人令人緊張，我可以感覺到向陽張開的大腿正貼在我兩端的腿側。嚥了口唾沫，「我、我要騎了喔！」

「嗯！」開心的應聲從後方飄來。

不知怎地，明明騎車技術不差，可回到套房的這段路，我不是猛踩剎車，就是起速過快，讓後座的向陽坐得相當不安穩。不過他沒表示什麼，照樣和我聊天。

大廈的停車格寬敞舒適，只架側柱也完全沒問題，所以笨拙的喬車畫面沒再發生。

儘管交過男友，也曾和對方外宿、獨處過，卻遠遠比不上此刻的悸動和深刻。拿著鑰匙轉門把的手在顫抖，好不容易推門而入，「就是這裡……啊有些地方還沒裝潢好，不要走到水泥那邊，腳會髒。」家裡連拖鞋也沒有，只好這樣提醒。

向陽好奇地打量這對一個高三生來說過於奢侈的環境，「很漂亮欸！感覺很貴。」

「好像兩萬多的樣子……」我撓著頭，對家人的罪惡感又竄出來，因為這設定很像請父母出錢讓我和喜歡的人開房間幽會。

「你媽對你真好！」

這話說得對，但我無法完全認同。這些好帶有目的，希望我能成為評價他們人生成就的指標之一。可是現在的我偏偏不肯繼續遵從，「H中」的頭銜就夠了，之後的人生是我自己的。

憤世嫉俗的腦袋被向陽一句驚呼拉回現實。

「吼……買這麼多酒？真的學壞了欸！」比著桌上幾支空台啤，他從中拿起還剩少許的一支，先把嘴中的口香糖取出，而後直接仰頭灌酒。「……沒什麼氣了。」

悟出這是間接接吻的瞬間，體溫升得更高了。

「你、你開新的！」羞於讓客人喝到難喝的酒，我趕緊奔去冰箱那拿出新的一瓶，「你會喝酒？」

向陽揚起明知故問的笑容，「和朋友聚在一起的時候會喝啊！」

又多得知一項關於那個世界的日常，我感到雀躍，不禁面露崇拜。「啊，那邊是我的房間。」

走進那間沒有窗簾的房間，向陽嚇了一跳，「這麼光？」

「反正看不到床這邊，我是沒差。」坐在床頭，我望著站在窗前的背影。或許是臥室的氛圍使然，未果的慾望燃起，「你……我……」嘴中的口香糖早已剩下基底的塑膠味，在此刻寂靜的空間中，急躁的咀嚼聲顯得震耳。

那身影依然背對著我，彷彿幽暗的外頭有更吸引人的事物一樣。不自覺地輕嘆一聲，我還是想不出有什麼恰當的邀吻之詞，索性繼續介紹新家，「這邊熱水要多流一下才會出——」

接下來的事發生得過於迅速，視網膜的殘影停在向陽由遠至近的輪廓。呆滯的舌尖象徵我故障的大腦，無法言語也什麼都思考不了，僅能睜眼對著一雙笑彎的明眸，近在咫尺的。

嘴唇上有個柔軟的東西壓著，接著是某溼潤的蠕動在唇瓣之間嘗試入侵。下一刻，那活物闖進了我的嘴中，靈巧地掃蕩一圈。我的舌頭癱瘓，被動地承接，卻清晰地感知一個突兀的硬物在輾壓。意識到那是向陽的舌環之際，我挪到一旁的口香糖竟被奪走，闖入的蠕動也跟著退離。

向陽臉上的笑帶著勝利和得意，他咬著從我這取得的口香糖，旋即轉身走去客廳，「你的初吻是我的了。」

呼吸需要幾十秒恢復正常，我發著愣，回神後才害羞地縮在床上，用兩手摀住臉，全身熱烘烘的，心跳咚咚咚地在房內迴響，壓根不敢出去招呼客人。

我們……接吻了！

不輸給偶像劇的浪漫情節讓我心花怒放到想對外大吼些什麼，舌葉上殘留的體感和餘味是如此暢快，體內盈滿人生至今從未有過的喜悅和滿足。

腦中突然播放起Zip的〈星空〉——

我說出真心　你靜靜的聽
你我的心已經互相感應
從今後到永久
美麗的故事都被放在心中

向陽的第十一任男友將是他的最後一任！我在內心如此發誓，心甘情願向這人獻上我的全部來陪伴和守護。

不同的出身背景讓我堅信，自己一定能夠做到那些前任們所做不到的事。

第11章　第一次

初次接吻的那晚，我們牽著手睡覺，沒再親吻或更進一步，不過我們都明顯感到對彼此愈加親近了。

進入六月後，高三生幾乎不必去學校，有些人自律地選擇赴校念書，我則表現得和那些在學測後就推甄到學校的人一樣，採取放飛自我的態度，與同窗兩年的友人漸行漸遠。

家人以為我乖乖地待在租借的套房內念書，實際上，我每天忙著和向陽談戀愛。無法見面時就不斷傳簡訊或寫情書，反倒是向陽會叨念著要我花心思準備考試。

大概摸清我其實是生活能力低下的人，向陽有時會多搭幾班車過來帶便當給我吃，然後再由我載他去堀江上班。這些平凡的互動盡數成為助長感情升溫的要素。

「你今天能過來嗎？」停在五福路和中山路的路口轉角處，接過安全帽的我問著向陽。已經連續幾晚他和朋友有約而無法來我這過夜。

「今天沒事，你等我。」大概聽出問句中隱藏的寂寞，向陽邊答邊捏了一下我的臉頰，「騎車回去小心，晚餐想吃什麼再跟我說，我買過去。」

「嗯，我等你。」收好安全帽，我揮手拜拜，看著向陽瀟灑地轉身走進騎樓。當看見路過的人回頭打量他時，我立刻不爽地朝那些陌生人投去瞪視，卻又難掩心中驕傲。我等到再也看不見向陽的背影後才騎去待轉。

回到小天地的我先睡了個午覺，之後才悠哉地打掃起房間。臥室的窗戶上貼有一塊向陽買來的小方布，聊勝於無地遮去約三分之二的敞露。喜歡在昏暗環境下睡覺的他不習慣朝陽恣意射進的刺亮。

等一個會來見你的人是甜蜜的負擔，我數著時間，呆眺著外頭從明轉暗的天色，終於接到盼望中的電話，「向陽！」

「我下班了，你要三商巧福的牛肉麵？要小菜還飲料嗎？」

我們家信佛教，從小母親就禁止我和哥哥吃牛肉，但其實住宿的哥哥早就破戒，我則是直到向陽帶我嘗試後才得知牛肉的美味，從此不再遵守規定。

「不用，麵就好。」升等為男友後，不可否認我出現了特有的依賴習性，對方成為我的天，同時也成為了照顧者，年紀構不成立場的必然性。「謝謝，那我等你。」我撒嬌道，喜孜孜地下床奔到客廳，擺好餐墊和餐具等候。

過去將近一個多鐘頭仍未見人影，這比平常費時，但我猜測是三商人多或是公車誤點。又過了一會兒，殷殷期盼終於得償所願，大門那傳來轉動門把的聲響。

我把備用的鑰匙給了向陽。

「辛苦了！」早一步衝去迎接的我像極了深鎖宮內的嬪妃，現身的人光芒萬丈，點燃了所有希望。接過餐點後，我興奮地拉著向陽的手入內，「今天工作忙嗎？業績怎麼樣？」

「還好，到下午才開市。」

一直以為新堀江是天天塞滿人，實則不然。聽說平日並無太多人潮，有時閒得發慌的別家店員還會前去串門子聊天。

向陽邊吃邊述說一整日遇到的各種瑣事和客人型態，我聽得津津有味，覺得那生活好多采多姿。不過幼稚的心態仍會在聽見一些可疑要點時突出，「那個女生是不是喜歡你？不然為什麼連兩天都去？」

通常我會先聽到向陽無奈的笑聲，接下來才是不厭其煩的解釋，「人家有男友的，她是要我幫她在那顆打火機上刻字，昨天忘了而已。」看見我嘟著嘴勉為其難地點頭後，他把我摟進懷中，「小醋桶，不念書都在想什麼？」

「想你啊！」這麼值得回擊的球一定要接。

大概是我那過於坦率的表白觸動了什麼，向陽忽然轉過我的臉，不顧彼此嘴中的油膩，立即欺上前吻住。

舌環的影響甚鉅，轉眼間即激出我渾身的顫慄和酥麻，下體湧出一股燥熱，我扭著身體舒緩。

「今天……要不要做？」

低沉的嗓音鑽入耳，我本來閉著的眼猛然睜開，對到一雙虎視眈眈的長眸，心臟隨之狠狠地重踩一下。「……要。」艱難地擺動受壓制的舌頭，我扯著喉音回應。

輕笑溢出向陽的嘴角，他收回舌吻，在我臉頰啾了一下，「先把麵吃完，洗過澡了？」他邊問邊吸著我身上顯著的沐浴乳香氣。

臉紅地點頭，整日無事做的我常在傍晚就先洗好澡，以方便躺在床上放空至入眠，著實沒想到這會在今日變成如此曖昧的暗示。

迅速解決掉剩餘的麵，我毛躁不已，來回收拾好多遍才總算把丟三落四的桌面整理乾淨。

向陽坐在沙發上觀看，交疊著長腿，那從容的模樣如同主宰這國度的大王。「……你會清菊花嗎？」

「清菊……」反射性接話的句子斷在末字，好險手中沒有任何東西，不然鐵定跌落地板。

這個僵到定格和臉紅透的反應無疑成了答案，向陽的唇高掛上揚的弧線，「跟我來，我教你。」他從沙發起身，朝我招了招手。

忍不住收緊臀肌，大腦嗡嗡嗡地響個不停。我搭上那隻向我伸來的手，嬌羞地跟進了浴室，這比上考場還令人恐慌。

喀！

向陽闔上馬桶的蓋子，接著轉身取下牆上的蓮蓬頭，「你把下半身脫掉。」

「啊？」我本能地往後退到浴室門旁，搖著頭。在這麼明亮且乾巴巴的情況下突然要我裸體，實在太考驗心智和羞恥度。

讀出我的矜持，向陽竟揚起笑，那笑容帶著迷人的侵略性，「等下就要看了，害羞什麼？」

雖然知道所言屬實，「嗯……就……身材不好……」不胖不瘦的我並沒練出什麼線條，體態跟未發育的奶娃有得比，還殘留鮮明的嬰兒肥，導致我很害怕在完美的向陽面前坦胸露背，更包括那不欲人知的部位。

「哈？我很喜歡欸！你軟軟的很好抱，我早就想掐你的屁股玩。」

這句情話在此刻僅加深我亟欲找洞鑽的決心，「嗯……」

「不清是也沒差啦，反正會戴套，只是我怕你做到一半會想那個……也有可能在潤滑時就先……」向陽放柔聲調，體貼地予以鼓勵。「我希望你的第一次是舒服的。」

空氣祥和地凝結，後面那句在我胸口綻出美麗的煙花和怦然。我感動地凝視前方那雙渴望的瞳眸，擱在褲頭上的手毅然出力，把外褲連同內褲往下褪至腳踝，然後緩緩地踏出褲管，光著兩條腿走進裡邊。

向陽占有的眼神和滿是笑意的臉龐讓我首次感知自己是有價值的。

「把蓮蓬頭轉下來，像這樣。」

脫掉襪子、挽起褲管的向陽，跟那日下午在阿萬美容院前的模樣如出一轍，可是這回清洗的對象是我。

盯著他手中的操作，我生平第一次知道蓮蓬頭跟水管是可以分開的。光溜的屁股中央突然有點不安，再度收緊。我的兩手一併抓著衣服下襬往下拉，僅遮住下腹部一些蜷曲的毛髮。

「水管口貼在肛門，不要插進去，不然邊緣可能會刮到皮膚。」向陽用手指圍了個圈，演繹那栩栩如生的動態。「水流不要太強，用溫水，因為黏膜感受不到溫度，太熱的話會燙傷。」

雖然已把自己抽離，當成聽課的學生，仍不確定發脹的腦子能否記住這些細項，僅是呆滯地注視那代替我家小穴的手指圈正在接受灌水。

「你趴在馬桶蓋上，我先示範一次給你看。」

我張著嘴，發不出一絲聲音，頓感口乾舌燥，原來男男做愛前這麼費工夫和心力。「啊……哦……」見我回了話卻遲遲不動，向陽把水管收到背後以減少壓迫感，「一回生、二回熟，大家都是這樣過來的。」

再矜下去氣氛就變了，我硬著頭皮走到馬桶上，反覆深呼吸幾次才依序蹲低、前傾、抱住，把繃緊的屁股對著後面的向陽。「好……好尷尬……」我輕聲嘟噥，跟馬桶的親密接觸引起不了太大震撼，因為心思全在處理更為棘手的局面。

「你真的好白。」向陽忍不住嗤笑幾聲，但旋即收斂，「我慢慢來。」

沾有水氣的掌心貼上我的裸臀輕輕撥動，此舉搔得心頭癢癢的，可這歡悅只持續到水流奔進股縫前。在我倒抽一口氣的同時，清水沖進了直腸。「啊！」太過異樣的感受讓我忍不住逃開，有道細小水柱從後庭奔出。體溫又升高了。

可惜不待我喘口氣，向陽的手已先行把我撈回去。這次他按著我的下側腰窩才外扳起臀瓣，並用膝蓋壓制我準備亂踢的兩腳。「忍一下，這是最簡單的方式，也不太會造成腹痛。」

「唔……」水管再次襲來，液體流動感鮮明地盈滿腸壁。整個情況太丟臉了，致使我全身緊繃，不過這恰好減弱抵抗的念頭，讓向陽得以順利灌注所需的水量。

而沒多久，我真的感到些微便意，於是慌張地夾緊菊花嚷嚷：「我、我要上廁所！」

「嗯，那我先出去。」向陽關掉水龍頭，把水管掛於其上。「上完後你試著自己操作看看，等排出的是清水就沒問題了。啊記得不要灌太多水哦，你大概數四、五秒就好，清太深沒好處。」

「……好。」送走人，我馬上拉開馬桶蓋宣洩。果真如向陽所言，跟正常排便很像，不若傳說中灌腸會有的絞痛。之後我鼓起勇氣親自試，光找角度就花了一些時間，來回操練兩輪就超過半小時。

其實全部弄完已經有些腿軟，感覺下身那把「槍」也在驚嚇中。但一想到即將發生的性愛，活力立刻漲回體內。我仔細擦乾下肢，羞怯地走了出去，發現向陽已等在臥室，並且……點著燭光！是那種裝在透明玻璃中的裝飾蠟燭，我猜是在堀江買的。

「我、我好了。」晃動的光影營造出相當唯美的氛圍，催化著藏於細胞底下的原始本能。

「我買來當小夜燈用的。」向陽把蠟燭挪到梳妝台那，讓床鋪這區的晦暗光量含著難以言喻的冶豔和曖昧。「沒有想像中痛，對不對？」他拍著床面示意我過去。

「嗯……」我遮著重要部位快步上前，一躺好便抓過被子遮住自己，卻又不斷偷瞄移到我腿間的人。

蠟燭的熒光在向陽臉上投下立體的陰影，使他整個人釋放出一股不羈的狂野味，我不禁看傻了眼，沒注意到兩腳已被拉開屈起。

「你要把第一次給我嗎？」看我如同一位小粉絲，向陽慎重其事地問道。

「……嗯，我只想給你。」我迫不及待地點頭。只見向陽勾唇淺笑，而後慢動作地往我欺來，賦予一道綿長的深吻在我嘴中。由於體位使然，我吞了不少屬於向陽的唾沫，這令我感到輕飄飄的，遍體起著舒服的細顫。

這吻牽著絲作結，向陽坐直，大方地解開他的牛仔褲，掏出已然半起的性器，接著在我的注視下不疾不徐地戴上保險套。「光看就硬了？」

還沒理解是何意思，敏感的命根子即傳來溫熱的包覆感。我垂眸瞧，向陽一手握住我的陰莖上下套弄，然後取來一罐看似牙膏的東西。靈活地單手彈開蓋子，他擠了一坨在掌心，合掌互搓一陣後，忽然往我瑟縮的肛口邁進。「啊！」他的指尖在皺褶處打轉。

儘管光線隱晦，但私密處正被人觀看和撫摸，且在按壓之間逐漸漫出難耐的騰空感。我登時不知所措起來，兩腳忍不住併攏，企圖削弱這幅構圖的丟臉程度。

「不要勉強，還是這次先打手槍就好？」向陽的手指禮貌地停在我的菊門前，另一手卻調皮地捏了下我肉多的臀峰。

聞言，心中早激情四起的我怎麼肯就此罷休，腳馬上擺回原位，甚至比剛才更開，「我……想做。」

「我輕一點，會痛跟我說。」

向陽應聲的當下，他的指頭已滑了進來，「啊！」我反射性地夾緊，愈加突出了異物的存在和那不安分的蠕動。

「果然很緊。」向陽呵呵笑道，入侵的手指一前一後貫穿，每一次似乎都往更深處去。

「嗯、唔……」感覺還是很奇怪，我抿唇忍著直腸內的違和，一直到那指頭碰到某處，情況驟變。

「哈啊……」喉嚨發出從未聽過的嬌嗔，但比起聲音，此刻直竄腦門的酥麻更令我震驚。「什……什麼？」比打手槍自慰還深層的快感徘迴在體內，像把火似地燒熔了五臟六腑，整個人酥得要化成一攤泥般。「嗯……哈啊……」我越叫越猖狂，首次爽到眼眶泛淚。

「別急，第一次擴張要做仔細一點。」向陽伸進第二根指頭，加大幅度和輾壓的力道。「你的P點真好找，這裡？」他又攻擊那引起我浪叫的部位。

「啊、嗯唔……」我抓住他進攻的那隻手臂，不過不是在阻止，而是在傳達我的舒服。

一時之間，房內盡是我高頻的聲浪。

「還以為你在床上會像死魚一樣冷感，看來我錯了。」向陽低沉的嗓子讓這句先入為主的偏見成了催淫關鍵，我像是歷經大解放，肌肉全面放鬆，迎合搗弄的指頭在顫動。

「裡面溼了，也軟多了，自己有感覺嗎？嗯？」察覺我的變化，向陽開始強勢地進擊，刻意在言語及行動上簡化柔情的部分。

最終在我意亂情迷之際，他提起金槍上陣。轉換速度快得我反應不及，僅能在巨物入洞時發出尖細的叫喘，哭著喊不要卻將來者夾得死緊，矛盾地體認那處被撐開的刺痛與歡快。

「要還是不要？」向陽沒忘了把握機會欺凌，邪惡地猛磨蹭我會高潮的地方後急流勇退，徒留大片空虛在腸道內，升起的精潮懸在半空。

「我要、我想要，對不起……」難受地大哭，屁股仍出力留住快要脫離的肉刃。我抽搭搭地涕泣，不自覺地嚷著道歉的言詞。忽地，我感知靠近的黑影及氣團，接之點點細吻在吸去臉頰上的淚痕。

「鬧你的，別哭了，爽嗎？」向陽吻去我眼尾新匯出的淚珠，而後移到嘴唇交會。

我伸手攬住那精實的身軀，兩腿自發性地纏住其腰臀，希望能結合得更緊密些，「很爽……我還要……」

記憶停留在蠱惑心智的輕笑，下體激烈的進出律動占領所有感官。我又哭又叫，彷彿終於掙脫掉厚重的枷鎖，得以自在且輕盈地徜徉在向陽給我的快樂天堂中。

最終視野閃著星光，熱潮奔出的暢快和體內隔著薄套、但仍顯著的熱湧，帶我飛越雲端，意識短暫斷線，只剩懷中同樣回抱著的實體告訴我這一切不是在做夢。

「陽……我好喜歡你。」

「我也是。」

長吻替我們的第一次添上美麗的餘韻。

第12章　ＭＴＶ初體驗

新堀江商圈面五福路上的「Neo ＭＴＶ」向來是情侶或朋友約、聚會的熱門聖地。喜愛看電影的我在路過時總忍不住欣羨地瞧貼滿電影海報的牆壁，好奇那部作品會是什麼樣的冒險旅程。

不過我從未鼓起勇氣入內端詳。明明影廳在三樓，一樓的這片牆壁根本無人在意有誰在那盯著看，但對我來說，整棟建築物跟堀江裡頭那些用酷炫小物妝點門面的小店一般，有著只可遠觀而不可褻玩的神聖氣息，並非平凡如我的人能隨意進入。

前任和我或許調性都偏文，我們約會的場所不外乎校園、咖啡廳或各自家中，聊著功課、班上八卦，偶爾摻點玄妙的自我存在問題。除了跑進人家小學廁所內愛撫及吮吸乳頭之外，總體來說是非常中規中矩的情侶，ＭＴＶ這種地方打從一開始就沒列進考慮過。

但向陽，從出場就注定不同。

「今天沒事，我們去Neo吧！又涼又可以休息，看完直接去你家。」

某個平日早上，收到簡訊的我瞪大眼睛，向陽竟再次輕易地幫我實現一個願望。

得以連續嘗試新事物的雀躍在體內發酵。「我沒去過欸！好期待！」再多驚嘆都不足以表達我的興奮，回完馬上起床去煩惱今天得穿什麼，可能需要添購新衣了。

由於堀江不好停車，像之前一樣，我習慣把車停在大立百貨附近，再走兩個路口到堀江。隨著接近，之前覺得頗有距離感的ＭＴＶ巨型招牌變得平易近人，海報牆如同百貨公司的櫥窗，任誰都能在其前駐足觀賞。

為了享受共同挑選電影的樂趣和驚喜，海報牆我只匆匆掃視一輪便出去站在騎樓下，等著搭公車前來的他。

過沒多久，我一眼就見到自帶紅毯氣場的向陽。他同樣發現到我，舉起手揮了揮，登時路過他的人紛紛回頭瞄向我這方，好奇這人是在和誰打招呼。

注目讓我不自在，不過同時有驕傲在胸口滋生，我也用力揮著手，只差沒跑過去迎接。

見到面，向陽立刻牽住我的手往ＭＴＶ那棟大樓裡走，順勢按下電梯鈕，十足熟門熟路的樣子。

「你都看什麼樣的電影？」

「恐怖片和殺人片，血越多越好，很刺激。」我媽從我還需要吸奶嘴和咬奶瓶的年紀就講鬼故事哄我入睡，自然培養出我這不太有共鳴的喜好。

向陽難掩驚訝，眼睛難得地瞪圓，「是哦……我不常看那類電影，那給你挑。」

電梯門一打開，即飄出類似ＫＴＶ那種冰涼帶點菸味的氣息，讓我愈加激動，忍不住握緊向陽的手，「我第一次來……」

「你們好學生是不是天天都在念書啊？什麼都沒做過。」向陽取笑，按了三樓的按鍵。「不過能拿到你的每個第一次還滿開心的。」

聞言，我抿唇靦腆地笑了笑，對於逐步脫離「好學生」的印象感到無可名狀的暢快。

來到三樓，一座嶄新的世界隨著敞開的門呈現在我眼前，像是看到什麼稀世珍寶般，我不避諱地露出震驚的表情，盯著那些成列成櫃的影片。雖然家裡會去百視達或個人開的租片行租電影回家看，但那些地方與ＭＴＶ影廳的氛圍完全不同，什麼都帶點自由的象徵。

亢奮在我親眼目睹觀片用的包廂時來到頂點，一張如同床的大躺椅和整面等牆寬的螢幕占據視野。從沒想過可以這般奢侈地看電影，讓我不禁想起以前國中老師曾招待幾位考試考好的學生到他家裡玩的過往，當時客廳旁就有一間與此類似的家庭劇院。

我簡直要飛起來，待店員關門離去後鬆開向陽的手，馬上脫掉鞋子跳到躺椅上，怎麼滾動都暢通。

「太強了！可以躺著看欸！」

「你要毛毯嗎？這裡冷氣比較強，看久會冷。」大概沒預期會讓我這麼開心，向陽臉上露出溫暖的微笑，前方螢幕恰巧亮起光。

「應該不用吧？現在這樣剛好。」怕熱的我婉拒，已背貼著後牆坐定，準備迎接鬼片。

向陽跟著脫掉鞋子上來，卻不是往我身旁，而是將我往前拉空出後方位置，接著坐到我後面，用兩隻腳圍住我，手則是緊緊把我攬在懷中。

宛如一張人體椅子，我害羞地抬眸望著向陽的下顎，立體音響傳出的可怕音效比不上我飛快心跳的震撼。好想親他……

大概接收到我欲求不滿的眼神，向陽低頭痞痞地一笑，僅在我額頭落下輕吻，「開始演了。」

不滿地低吼了聲，忍著情慾的我心不在焉地觀賞起已經看過的《見鬼》。跟著精彩的劇情，我逐漸沉浸在緊張和驚嚇的氣氛中，直到……

「咦？」身體傳來異狀，我往下瞧，驚見向陽的手從下伸進我的衣服內，指尖正掐著我因冷氣而硬挺的乳頭。肩頭忽地漫出溼熱的感觸，他正在上頭種著草莓。過於刺激的挑逗讓我忍不住就著衣服壓住游移的兩隻手，明明沒第三者卻用悄悄話在驚呼，「你在做什麼？嗯啊……」邊問邊呻吟，這瞬間產生了悖德的快感。

「這裡可以做。」

倒抽一口大氣，倏地忘了前方電影在演什麼。而向陽乘勝追擊，輕鬆掙脫我的箝制，空出一手往我褲中探去，覆蓋住胯間男物。

「向陽！」我屈起腳，整個人縮進向陽懷中。

好比調戲丫環的老爺，向陽用腳霸道撐開我的兩條腿，大開地面向門口，手更是直接拉下我的內外褲，把玩垂首的陰莖。

「嗯、唔啊……」裸臀直襲躺椅面，我又羞又惱，不曉得該抗拒還是迎合這舒服的套弄，兩手疊加在向陽握棒的手背，卻止不住那上下擼動和揉蛋的運作，反倒成了共同尻打的幫兇。

「你別叫太大聲，這邊門不能鎖，等下店員跑進來。」向陽依舊嚙咬著我的脖頸，偶爾含住耳垂，舔著那幾個耳環。

環境條件放大了感官的敏感程度，分身擎天的速度比往常快。在我兩腿開始癱軟並抖動之際，突然聽到抽衛生紙的聲音。無暇細思，在下一刻，煙花綻放的舒暢從下體蔓延開來，我急喘的吐息正巧淹沒在電影的高潮場景中。

飄盪周圍的腥味明顯傳達出剛才經歷了何事。

「你會吹嗎？」

餘波未平的腦子在聽見向陽低沉的問句時再度衝上浪尖，我錯愕地回過頭看向他，忘了要穿回褲子，貼著他前胸的後背有著明顯震動，不曉得那是屬於誰的激烈心跳。

「……沒做過。」什麼都還沒吞的我已覺得喉嚨卡卡，心臟好像無法在一天之內承受這麼多初體驗。

「這個第一次又是我的了。」向陽愉快地回應，從後往我臉頰親了一下。

縱使心癢難耐，對於口交仍有些緊張，「……不看電影了哦？」這部是我特地挑的，想說內容沒那麼可怕，屬於鬼片入門款，怎料竟成為兩人洩慾時的ＢＧＭ。

「可以續片啊，等下再重看。」向陽將我拉成正對他，「你都爽過了，我還沒呢！」

「可是、可是我不會……」

「我教你啊！不過那邊哪裡爽大家都一樣，手換成舌頭罷了。」向陽邊說邊又抽了些衛生紙把我剛才射出的那團包好，隨後往躺椅的尾端扔。

用力吞了口唾沫，「我……口渴。」慌張到答非所問，這裡的飲料比外面貴，所以我們沒有點。

「我有喝到一半的烏龍茶，你要嗎？還是我去點？」向陽從他的斜背包中取出一罐保特瓶裝的茶飲。

「不用，喝你的就好。」接過後我小心地不要碰到瓶口喝了一點，這才緩解了一些燥熱，殊不知這句回話竟帶有濃濃的性暗示。

向陽不動聲色，卻始終揚著勝者般的微笑，「我坐這，這樣你可以一邊看一邊吹。」他挪了九十度角靠另面牆。

哪有精神一邊看鬼片一邊幫男友吹！不安的我移到已然開腿的胯間，同樣的動作擺在這人身上就是多了帥氣和瀟灑味。察覺得從解皮帶開始動手時，我盯著其實早已搭起帳篷的部位滾了下喉結。「那、那我……」算了多說多尷尬，我閉上嘴，抖著手掀開向陽的襯衫下襬，笨拙地一一解開，自始都不敢抬頭去附和熾熱的注目。

第一次結合的那晚處於被動，導致到現在我才真正看見向陽流著前列腺液的真槍——漂亮、崇拜是占滿腦中的感想。恥毛經過修整，不像我的亂無章法，整體看上去乾淨……可口。我仿效抓來看過的G片內容，有樣學樣，不等指令即低頭含住蘑菇狀的頭部。

然而，可能下衝的速度過猛來不及調角度，飽滿的龜頭直擊上顎，讓我忍不住乾嘔，立刻吐了出來。

「不用第一次就深喉嚨啦！能含多少就多少。」向陽幫我拍背，自行握棒，「你先舔溝和這條線，馬眼那邊不要吸太大力。」

我無意識地伸出舌頭舔著沾於嘴唇上的液體，沒什麼味道，就是稠稠的。

向陽側著頭，似乎很滿意這個品嘗的動作，竟突然壓著我的頭上前，吻住仍在抿唇的嘴。「你比想像中更浪呢……」

真心覺得向陽的舌環是啟動慾望的關鍵，每一輾壓皆不斷迷倒理智，我於是開始哼哼唧唧地呻吟。

向陽的吻從嘴中延伸到臉頰，貌似鼓勵。「再試一次。」說完，他輕輕把我往下壓。

這次我乖乖地照著指示，舔舐起那根男性象徵，腦中回想著之前和剛才射彈前的高潮堆疊手法。我賣力服務，感知對手的東西又脹大了些，讓我不由自主地張口把賁張的陽具整根含進，握住底端的手也自然地推拿肉囊。

上頭傳來長長的低喘，氣息彷彿吹到我的後頸，引人心頭雀躍。我嘗試起一上一下的滑動，就像片子中演的那樣。

「嗯……注意牙齒，嘴唇……貼著表面擼……啊、舌……頭自然擺動就……好。手……繼續按……」向陽斷斷續續地指導。

嘴角和下顎逐漸發痠，我猜測目前吸吸吐吐的嘴型一定很滑稽，不過成就感呈正比攀升。就在這時，口中壯碩一陣抽動，隨之一股熱流急奔食道，比前液更濃烈的滋味盈滿整個口腔。

突如其來的稠漿嚇到來不及吞嚥的喉嚨，含著陰莖的我就那樣嗆了起來，這下麝香味變得更立體了。

「欸等——」向陽來不及沉溺在餘韻中，馬上推開我並抽來衛生紙接住自己傢伙和我吐出的精液。他沒有因這虎頭蛇尾的結束而惱怒，反倒愉快地稱讚道：「以第一次來說算不錯的，有潛力！」接著他自行握住性器按壓，由下往上，導流似地把沒射完的精液弄出，隔一會兒才收回內褲中並再次體貼地幫我擦拭嘴周。

雖然幾乎吐出大半，但口腔壁內全是痕跡，用力吞的話還是能嘗到味道，於是我細細地品味著。「你的……好大。」以後一定更可觀！我用舌頭從內按摩臉部肌肉，仍有隱隱痠痛在發酵。

向陽的笑聲跟著包廂中的旖旎氣味越發醇厚了，他拿過擺在桌上的飲料，喝了一口後沒有吞下，反而勾著手指喚我過去。

意會出他要做什麼，我害羞地湊上前，閉上眼睛把唇交疊其上。清新的烏龍香旋即漫開並流經喉頭，壓過原有的口感，幾滴過渡不及的澄液流淌在我們的嘴角。

鬼片已來到最後高潮，剩不到十幾分鐘就要落幕。向陽出去隨意挑了部港片喜劇接續，還借了條毛毯。

不過我們依舊沒在認真賞析，只是共蓋一條毯子雙雙躺著，享受這幽會般的甜蜜氣氛。

從此，「Neo MTV」成為我和向陽不想回家亦不願人擠人逛街時的最佳去處，反正租一片不到一百元，續片還有優惠，我們便偷帶外食進來待上幾個鐘頭。

然而，色色情節自我從門上那塊小玻璃驚見外頭走動的店員後就不敢再做，頂多摟摟抱抱和親親，或是讓向陽把手伸進我的衣服或褲子裡磨蹭，但都點到為止，翻雲覆雨等到回家再繼續。

儘管燈光灰暗，這裡畢竟無法鎖門，我還是很怕裸露下身或屁股夾肉棒的光景被店員或不小心走錯包廂的人撞見。摸來摸去的體驗對我來說已足夠。

之後有耳聞各地這類ＭＴＶ的傳說，每每都讓我大感佩服，進房後總會忍不住先猛吸一口氣確認。

第13章　耳洞的痛與酷

對向陽的愛慕與日俱增，反映在我的耳朵上。我好想和向陽一樣，把活出自我的態度具體地表現在外在上。

從小就惜皮怕痛的我其實在枯燥的高三期間，早把所有怨懟化作痛楚來緩解。班上有位平常不同圈的人，某次閒聊之後，發現我們在這方面意外地有共通點。他教了我一招抒發的方法，可以留下不太痛卻又恰到好處的傷痕。

把ＣＤ片用手折成兩半，那粗糙的斷片即是最佳利器，比小刀背刃還更能在皮膚上刮出漂亮的血痕，就算被發現也能扯說是不小心被紙還什麼劃到，方便實用。

認識向陽之前，我的兩手上常有長長帶點結痂的印子，卻又不敢真往動脈上割，就這樣溫吞地靠這種方式反抗世界和體制。直到體驗到穿耳洞的瞬間高點和接下來的眾人反應後，我便欲罷不能地沉淪到那類快感中。

向陽的擴洞很帥，象徵的意義更加非凡，記得同班同學的學長男友耳上也有偷穿一個。當我準備穿第五和第六個耳洞時，我興沖沖地向向陽宣示：「這邊的這個，這次我用擴洞，這樣我們可以帶情侶環。」我比著左邊的耳垂示意。

對擴洞一無所知，我腦子勾勒的是更粗大的穿針機，喀地一聲，一小攤碎肉將噴在店面地板上。想起來很可怕，但引人躍躍欲試。

「擴洞是循序漸進的，一步一步換粗環撐大固定，我這個也是快一年才變成這個大小。」向陽玩著那個可以看到後方景象的小洞，「你穿完我幫你用，我這裡有之前沒用完的擴洞棒。」

於是，某個平日午後，我跑了新堀江一趟。這次去的是向陽介紹的飾品店，因為聽說穿環很吃技術，厲害的人穿出來的是筆直的線，反之則是如我前幾個般，直進斜出，所以耳針總得在肉裡找出路，造成內部發炎。

雖然對我來說，無論對方厲不厲害，針穿肉那剎那的痛是相同且絢爛的。

頂著耳垂上隱隱抽痛的兩點，我心滿意足地騎車回家。或許是過於雀躍，返家前我沿著五福路一路騎到西子灣，再騎進中山大學校區奔赴山頂，頗有流浪人生的快活，不受任何外在拘束。

向陽對我做的所有新嘗試皆給予支持和稱讚，跟學校老師和父母不同。看著我逐漸染上他的色彩，我能明顯感受到他眼眸裡的驕傲和喜悅。

幾個禮拜後的晚上，算準當天向陽可以留宿，我便提醒他要帶擴洞的裝備過來。

新穿的洞不再肆虐，已摩拳擦掌地準備迎接下一階段。吃完晚餐，我有些緊張地拆掉目標洞的耳針，坐在向陽身旁，盯著他在消毒比穿針環還粗兩倍多的耳棒。

「有點暴力，就是硬嘟過去，你忍一下。」

點點頭，我深吸了口氣，感到擦於耳朵上的酒精揮發出宜人的涼意，可惜下一秒我就差點心臟停止。很難描述那是什麼樣的感覺，類似深摳肚臍那痛中帶噁的體感，且越來越鮮明及強烈，大腦適應的速度完全追不上。「好痛！」我往旁躲開，壓著耳朵舒緩漲痛的部位，眼眶已然泛淚。

「頭都還沒進去欸！」晃著那根凶器，向陽半無奈、半取笑地說道。

「哈？」體感上已經被鑽很深。

「過來，習慣就好。」他出手把我拉回去。

向陽的這句安慰終究沒有實現。經歷兩、三次挑戰，我實在難以忍受擴洞的折磨，於是這場災難以革命未果作結。

「不擴也沒差啦，帶粗一點的耳環就好。」向陽不感失落，甚至露出本來就沒預期會成功的狡黠神色，然後幫我把原先的細耳環穿回去。

「……嗯，本來想和你戴情侶環的，你右我左。」

「成對的東西很多啊，不要勉強。」

他親了下我的臉頰，氣氛被帶往纏綿的情境，不過不甘心的情緒仍在心底萌了芽。過沒幾日，我興高采烈地宣布新的決定。

「我要穿耳骨！」

「耳骨很痛哦！你應該不行。」向陽挑著一側眉，認真勸退暴走中的男友。

我不以為意地哼哼兩聲，越這樣我越要做。現在的我需要痛，因為畢業典禮和指考快要來了，此刻亟需激烈的感官來麻痺。穿耳骨既可以彰顯壞，又能帶我逃離日常，並幫我得以再接近向陽一些。

為了突出與他人的不同，我挑的耳骨環位置並非常見的耳渦，而是鮮少有人動手的耳屏那塊。

一樣的飾品店，穿環師傅用油性筆做著記號，儼然磨刀霍霍之姿，「啊你確定嘍？軟骨比耳垂痛很多哦！」

「我跟他說過了。」這次前來陪同的向陽無奈地替我回應，並用眼神向坐著的我進行最終確認。

堅決地點頭，我咬牙握緊向陽的手，做好了心理準備。未幾，連同飆進右耳內的疾風，一聲清脆的喀噠聲響起。

「幹！」

不自覺迸出髒話，這是實實在在的痛楚，我全身都在劇烈發抖，呆坐在椅子上動彈不得。閉眼皺眉，五官大概扭曲得可笑。這時，有道輕拍從後背傳來，我握住的手用著更強的力度反握。

「穿完啦，沒事了，等下買吉羊薯薯給你吃。」

我睜開淚眼，發現蹲在前方一臉擔心的向陽，「好，我要雞塊……」我委屈地回話。

「嗯。」一拍拍我的頭，向陽扶我起身，手改為十指交握。

「耳骨的要等久一點才能換成正常耳環哦！」師傅邊收拾器具邊提醒。

心有餘悸地道完謝，我恍惚地望著新堀江的街景，往來的行人看上去好不真切，像是把我隔絕在外。

鑿了洞的耳骨的確成功地轉移了我的注意力，那難耐的痛感使我時時刻刻皆像在乘坐自由落體般，什麼都專注不了。洗臉和洗頭時更是膽戰心驚，深怕扯裂骨頭。甚至就算向陽明明是不小心碰到，我也會大驚小怪地呼痛和遷怒，邊嚷邊躲進房間耍自閉。

「別戴了啦，你這樣根本撐不到傷口癒合。」向陽站在門口，冷靜地予以建言。

獨自坐在床沿捏大腿來分散痛覺的我雖心有不甘，卻感知忍耐已瀕極限。「你……你幫我拿掉……我會怕……」我抖著哭嗓，澈底向穿耳骨這挑戰說再見。

向陽點頭，先去洗了手才回來坐在我身邊，「你不要亂動。」接著他熟練地拆解並立刻把環棒扔進垃圾桶，不讓我看見上頭沾黏的血和組織。「也太怕痛了……」他說著笑來緩解氣氛和我的神經。

耳屏那仍發著脹，不過痛的感受似乎正在遠離。

隔沒幾日，耳屏的洞以驚人的速度癒合。而為了平反，我獨自跑去多穿了兩個洞在耳垂，至少這一區要夠酷。其後還幸運地在堀江的飾品攤上買到安全別針造型的黃銅色耳環，獨特性百分百。

至此，耳洞一邊四個，共八個左右不對稱的排列組合是我最驕傲的地方。

也不是非要耳骨和擴洞嘛！

第14章　畢業典禮

「阿哲，大家明天結束後要去吃飯，你要跟嗎？很久沒看到你了欸！搞神祕吼！」阿志帶點抱怨的聲音從手機聽筒傳來。

明天是H中的畢業典禮，大概是我這輩子最後一次踏進那校園的日子。

「不行啦，我和朋友有約，拿完畢業證書就要離開了。」

「蛤？好啦，那考完再約！啊老葛一直在找你，你明天要上台領獎啦！」

老葛是班導，算是第一個留意到我異樣的人，不過我沒在甩他，照樣不念書和翹課。而雖然高三擺爛得誇張，但拜前兩年的辛勤耕耘所賜，我竟然以班上第二名畢業，得上台領議長獎。

「好啦，明天學校見！」這陣子我早就沒什麼在回家，連畢業典禮的日期也未告知父母，與會家屬只有向陽。

向陽特地空下時間，在前一晚就先來到我家，準備明天和我一同前往H中，完美演完該落幕的「資優生」戲碼。

畢業證書和議長獎的獎狀，我真的不在乎，滿腦子想的是今晚在床上的親密運動。這幾次我們已經沒在使用套子，向陽的內射更讓人感到幸福和充實。

⍟　⍟　⍟

太陽光灑進那扇只有小方布遮住的窗戶，但叫醒我和向陽的是床頭鬧鐘和手機鬧鈴。

第一次看我穿制服，換好衣服也抓好頭髮的向陽面露難以言喻的情慾，揚著笑，如同一頭勝券在握的猛獸。「幾點出門？」他問道。

「再……四十分鐘。」我邊答邊整理領子，「要不要先去吃早餐？我們學校旁邊有家很好吃──」尾音仍梗在喉間，突然一股蠻力將我拉離梳妝台前。待回神，向陽已把我抱到窗前的書桌上，動手在解我剛穿好的皮帶和卡其褲。

「幹一次再去？」他的詢問比較偏向告知。「昨晚清過了，現在應該還好。」

我睜大眼睛，不由自主地往旁望。方布沒遮掩到的窗戶就是塊透明玻璃，正對其他人家的後陽台。羞恥和快感齊發，令我心癢難耐，無意識地撐著手抬臀，方便向陽幫我脫褲子。可這次他很故意地只脫到大腿處，加深了屈辱感和不對等的立場關係。

「你這樣子好賤……」向陽在我耳鬢用氣音說著，手指先摸向我的傢伙，在頂端處游移，「這黏黏的是什麼，還沒開幹就溼？」

或許H中的制服啟動了什麼，向陽比往常粗暴，潤滑的手指同樣帶著顯著的侵略性，一次兩根，於遭蹂躪一整晚的腸壁留下了足跡。他不斷把我撞向沒遮蔽的窗戶那，折起我的雙腳，像是亟欲磨光我的尊嚴。

周圍住戶如果有人正巧來到後陽台，將能清楚地看見一名坐在書桌上開著腿被侵犯的男學生，但那臉上是全然的歡快。

我叫得比任何時候都還浪蕩和放肆，尤其當向陽操著起棒的巨物入侵時，我竟然感動得哭了出來。「我是你的、我想成為你的！」不知怎地，我感到前所未有的歸屬感，「我想永遠跟你在一起。」

聽見我的告白，向陽頓時溫柔起來，抽動變得謹慎，並攬過我的頭壓往胸前，像在替我維護隱私。雖然裸露的臀部和淫穢的交合仍大咧咧地公開示眾。

房內瀰漫腥香，我氣喘吁吁地癱坐著，褲子已落至腳踝，管不了外面到底有無旁觀的民眾。

「不准洗。」向陽拿著衛生紙擦去從我肛門吐出的白汁，吸壓幾回後才扶我下桌。

洞口滴著汁，大腿些微發顫的我得收緊臀肌才不至於讓更多殘留浸溼內褲。「可不可以不去畢業典禮，我……我還想要……」那道指示激出我沒燒完的慾火，下腹又開始燥熱。反正學校會把證書寄給缺席的人。

「不行。」掐著我圓潤的屁股肉，向陽駁斥我的請求，「小騷貨，畢業典禮怎麼可以不去？」

不得已，熱出一身汗的我認命地重新穿載整齊，揉著暫且取下所有耳環的耳朵，轉頭和向陽相視笑了笑。

「大家要是知道你剛被幹完，一定會嚇一跳。」向陽指著出現皺痕的制服和我紅通通的臉頰。

「無所謂，你開心就好。」我湊上前偷親了他一下，心頭始終有股暖流在徘徊。接著我拿起車鑰匙，和向陽攜手往大門走去。

⍟　⍟　⍟

校園外有許多賣花的攤販，校園內則鬧哄哄的，隨處可見離情依依的小團體，學弟或家人親屬，有的忙著照相、有的忙著抬槓。

由於領獎的畢業生得提前去禮堂報到，我便先快步把向陽帶去禮堂，幫忙在家屬觀禮區找了一處座位後比著前方成排的椅子，擔心地再三叮嚀，「我在二十一班，不過我領完就回來，你要在這裡等我哦！」

「不要急，我等你！要是人多走丟的話，我們約在禮堂大門前。」向陽摸著我的頭，「快去集合吧。」

頻頻回首那抹怎麼也無法被人群淹沒的帥氣身影，我止不住傻笑，跑到集合地點的禮堂側門加入領獎的畢業生行列，於那看見不少熟面孔，其中包括同班同學和……前任。他是他們班的第一名，要領取市長獎。

他主動走過來，「好久不見，考試準備得怎麼樣？」前任屬陽光男孩型，身材高眺，總愛揉我的頭。此刻他如昔地摸著我的頭揉搓慰問。

心中湧現出嫌惡，我下意識地迴避，「……還好。」

「有空要不要去——」無視我的冷淡，他拋來新的話題。

「啊、我要去排隊了！」斬斷對方想交談的意圖，我趕緊藉故離開，匆匆結束這短暫的重逢。

附近仍有來回走動的學弟和外校人士，忽然之間，「向陽」二字如鉤般地鑽進耳中，怔住我的腳步。有人正在談論向陽！

我扭頭張望，發現一群不知是高一還高二的學弟們正在興奮地交換情報。努力豎耳聆聽之下——

「堀江那位今天有來欸！在禮堂那！」

「好像他現在的伴是我們的學長，有聽其他班的在說。」

啊，是圈內人，我心忖，愉悅的電流感隨之流竄全身，末梢起著輕飄飄的麻痺。這段對話和欣羨的口吻比考到大學還讓人開心和驕傲。忍住上前宣示真相的衝動，我踩著輕盈的步伐魚貫地進到後台等著司儀唱名。

當我跟隨其他幾十名領議長獎的人站在鎂光燈下接受眾人讚揚時，我的目光立即鎖定剛才和向陽分別的地方。然而，我卻遍尋不著那個熟悉的身影，有不認識的人坐在該位。

——向陽呢？

無暇顧及有人在拍照，我皺著眉焦慮不已，想趕緊衝下台去找人，忘了對幫我大力鼓掌歡呼的班上同學致謝。

終於回到台下，我越過阿志投來的視線，也忽略大家幫我留的座位，馬上跑到禮堂門口。

向陽說如果走散了要在這裡等。

畢業生的胸前都別著一朵紅色紙花，使得這時站在這的我有些突兀，畢竟典禮正在如火如荼地進行。

我急得快哭了，想到手機什麼的都在向陽那便更絕望。而就在此刻，飽含笑意的嗓音從後飄來。

「你出來幹嘛？結束了？」

回過頭，我看見手拿一束花且些微喘氣的向陽。

「吶，恭喜你畢業。」他把花遞了過來，「我們學校還有人很瞎趴地買一大串氣球來給妻辣助陣咧！可惜我找不到賣氣球的攤販，以後補給你。」

又想哭了，接過花的我泛著淚，緊緊牽住向陽的手，「快結束了，我進去拿畢業證書，然後我們就回家！」

「你不跟你同學多聊一下？」

我搖著頭，「不想。」

牢牢地牽著人重回禮堂，由於沒其他座位了，向陽索性站在門邊觀禮，等我從導師手上領回證書。

「阿哲——」

「我朋友在等我，歹勢！」我把證書捲起塞進黑色證書筒，議長獎那張紙也被我胡亂折成小張尺寸抓在手中。

匆匆跑回門邊，和向陽對視的剎那，周圍的喧囂彷彿凝結了。儘管察覺有人在偷拍他，但那都不重要，因為與他並肩的是我。

美好的時光遭一道集中的扎人視線打斷，我不明所以地回頭，驚見前任和同梯的社團成員聚在一起，用著打量的眼神盯著我和向陽，不斷交頭接耳。

知曉那段交往關係的社員們一致認為是我辜負和糟蹋副社的真心，所以自我和副社分手後便無任何交流，但那批判不該延伸到不相干的對象上。他們一夥人品鑑向陽的神色很傷人，自恃甚高的態度鋪天蓋地襲來。

向陽之前看過我前任的照片，他瞄了一眼後僅淡淡地說道：「你前任？我剛有看到他上台領獎。」

「向陽！」我拉回向陽的注意力，「謝謝你今天來參加我的畢業典禮。」我抱住他，大膽地在其臉頰親了一下。「我們回家吧。」再也不往那方向看，我勾著向陽的手踏出禮堂，澈底向這個總以什麼實質標準在評斷人的地方說再見。

我們手牽著手走出校門，一路上仍收得許多側目和竊竊私語，但絲毫影響不了我高昂和幸福的心情。終於自由了，我將和我愛的人一起迎接新人生。

第15章　新奇世界

炎炎七月的前三日是全台高三考生決定人生的重要日子，說是上戰場一點也不為過。由於向陽要上班，所以是我媽來陪考。矮凳、裝有涼茶的保溫杯、扇子、防蚊噴霧、殺時間用的報紙副刊……陪考家屬必備的物品一項也沒缺。

而考場碰巧在以為不會再踏進的H中，讓我比其他外校考生多了點地場優勢。

年初SARS肆虐，社會大眾人心惶惶，深怕遭遇如和平醫院封院那樣的危機。於是即便疫情稍減，大考中心仍臨時決議更改題型，將每科選擇題和申論題的題數作調整，整體減少考生待在考場的時間。

我一科都沒有讀，複習用的衝刺型參考書也沒帶幾本，幾乎裸考應試。幸好考卷多半為選擇題，我反而寫得輕鬆。有印象的題目就好好答題，不會的便用刪去法硬選，差不多場場都是第一個交卷的。

「中餐要不要吃麥當勞雞塊？還是晚餐帶你去牛排館？」

我媽盡力在維持我的士氣，殊不知我只想著該用什麼藉口說服她繼續幫我租那間套房。

三天沒有向陽的日子度秒如年，而一考完，難得回家的我馬上把寫滿筆記的課本和參考書等全扔進那種黑色大垃圾袋，請我媽拿去回收，三年的痛苦濃縮成一袋廢紙。制服、書包同樣在當日成了垃圾車載走的對象。

我不要再擁有「H中生」這個標籤。對於高中，唯一留著的只有厚重的畢業紀念冊，不過那純粹是出於我不曉得兼有塑膠模具的集冊該丟什麼類回收，加上裡面有全三年級通訊錄這個關於隱私的物件，便暫且收著。

家裡沒人提到套房的事，大概是我媽還在等著看考出來的成績如何，所以我得以回歸小天地放縱。有種把經年義務做完的暢快，躺在染上向陽味道的大床上，身心一片空白卻不見惶恐，因為接下來我可以裝進任何我喜歡的事物。

當天向陽下班後買披薩過來慶祝我考完，我才吃沒幾片便黏在他身上猛蹭，用力吸著殘留在其衣服上的菸味、香水味和堀江獨有的叛逆氣息。「不想分開……你可不可以不要去工作……」我鑽進溫暖的懷中呢喃，打斷他吃東西的節奏。

用乾淨的那手摟著我，向陽好氣又好笑地垂眸俯視，「那誰養你呀？」他戳著我鼓起的臉頰，「還是來陪我上班？我跟強哥講一下應該沒問題。這樣我去上廁所時你還可以幫我顧一下店，不然憋到膀胱快爆了。」

我只見過強哥一、兩次，大約三十歲後半的中年男性，皮膚黝黑，剪著山本頭，渾身散發出類似道上兄弟的飄撇氛圍。強哥那不慍則威的面孔導致我在他面前總是如臨大敵般地緊張呆滯，話也講不好。

不過強哥待我相當親切，或許是愛屋及烏的表現。

「真的嗎？我要去！」晉升堀江一員是多令人憧憬的事！

「嗯，那我傳給強哥問一下，你乖。」向陽拍拍我的背，接著邊咀嚼邊單手拿起手機打字。

強哥爽快地答應，畢竟是免錢的勞工，但對我來說這是無價的體驗。再者，有免費冷氣可以吹，還能藉由和向陽依偎的身影來勸退那些企圖搭訕的客人，堪稱一舉數得。

⍟　⍟　⍟

向陽打工的飾品店有一名正職的女性員工，人稱小魚姐，年約二十幾歲，據說已在堀江打滾多年。她是拉子，女友是個不輸給向陽的帥氣女性，斯文學者風，有股冷冽的威嚴，偶爾能看到她來探班，每每登場，氣場總輕鬆輾壓一堆堀江人。

小魚姐非常崇拜她，到了渾渾噩噩的地步。有時交班留下閒聊時，都能聽到小魚姐各種冒著粉色泡泡的言論或私密的女女性事。但偶爾，趁向陽不在時，小魚姐會話鋒一轉，叮嚀我不能把未來賭在愛情上，有空要思考兩人的以後之類的。

簡單說就是實際的生計問題。高中跟高職不同，除非家裡有另外栽培，不然畢業時很少有一技之長在身，不升學的話能做的工作有限，不如說是無。

縱然知道是好意，但我聽不進去，總是笑笑地點頭帶過，卻沒意識到這話早在無形之間在我心底播種，以別種形式催化了不安並等著哪天萌芽。

反觀強哥，完全沒有過問我的來歷，聽向陽介紹是男友後就把我當成自家人，什麼零食、飲料等都有我的份。

這樣的相處模式讓我感到自在，不必去面對在講出念什麼學校後的忌妒加欣羨目光，以及努力擊倒我以維持自身優越或存在價值的惡意。

⍟　⍟　⍟

「你幫我把這個拿給三樓的 Joyce。」向陽將補好油料和保養完的 ZIPPO 打火機遞到我手上，「你餓了嗎？有想吃、想喝的就順便買回來。」他從錢包掏了兩張百元鈔給我。

強哥這家店的主打品除了飾品之外還有 ZIPPO 打火機，每款皆帥到翻，彈蓋的清脆聲我永遠都聽不膩。有不少堀江店員是顧客，因此常見沒油時拿來這裡補油的情節。如果是一般客人的話會意思收個幾十元補油費，若是堀江人的話就免費加。

此刻我拿著手感極好的打火機，準備充當送貨員，並把向陽給我的錢收進口袋，「那……吃滷味？之前吃覺得不錯。飲料呢？你要喝什麼？」

「梅子綠。」

我怎麼也沒想過，有一天我會不必看樓層簡介即能穿梭自如地行走在堀江這棟樓中，連哪處的地板凹陷或天花板漏水都知道，並記住了每間店名和店員長相。雖然大部分的人多用「向陽的男友」來稱呼我，但能得到這樣的禮遇和認知，對我來說已足夠，就連外頭攤販也認定我是堀江一員，點餐時常多送一些額外的小吃給我。

小店的櫃台塞兩個人基本上已超載，椅子只有一張，也沒什麼地方放吃的，到處堆著存貨和收據、貨單等，因此吃東西時得兩人共坐。不過更常見的是我坐在向陽腿上，他則單手摟著我的肚子免得我滑下去。吃飯時間被切得很碎且長，因為客人不定期進來，所以熱食通常都會變成涼食或糊成一塊。

我依然覺得美味。

堀江店面多半是用落地玻璃隔出的空間，因此躲在店內觀察外頭來來往往的人潮是很有趣的，各種生活百態皆有。人們以為身處視線死角，被店家琳瑯滿目的商品遮掩住，實則周圍居民早捧著爆米花在暗中看戲，欣賞他們進行的偷摸親熱或對罵。

但當我和向陽走於其間，我們也像是忘了隱於暗處的注目般，時常大膽地親密互動，如同這裡是道德規範管不著的自由天堂。

第16章　染上

向陽的左手小指上戴有一枚黑色尾戒，幾乎二十四小時不離身，似乎不是為了防小人。雖是素面設計，但對我而言，那亮面黑戒完美地傳達了向陽獨一無二的靈魂和氣質。

我常拉過他的手把玩那枚戒指，偶爾取下戴在自己手上，這才發現我倆手指尺寸的不同，因為我得戴到無名指才能撐住。

某日下午店內無人時，他從口袋取出一個小夾鏈袋在我眼前晃。等我對準焦距才看清是一枚同款的小黑戒，心頭隨之咚咚作響。

「送你的。」他笑著解釋，從袋中拿出戒指。

儘管是尾戒，但戒指在一段關係中的意義深大，使我瞠目片刻仍無法置信，兩手始終垂在身側。

向陽自行牽起我的左手，「這是最小號的了，應該沒問題。」他把黑戒套進我的小拇指，尺寸剛剛好。

「嗯……」我發出撒嬌的嘟噥，小指上的陌生觸感眨眼間過渡成滿心喜悅，我抱住他，脆弱的淚腺泌出水光，「謝謝……」我伸長手欣賞那枚小東西，腦中突然想起一些事——一些梗在內心的事。「只有我有嗎？」雖然逼自己不要過問和比較，但向陽十位前任的過往實在太過輝煌，威脅到我眼中看見的繽紛色彩。

記得剛開始在一起時，向陽的手機背面仍貼著他與前任的大頭貼，明明我們也去拍了，卻未見他替手機換上新面貌。直到某次他不經意發現我寫在日記中的抱怨時才立刻撕下，不過沒再幫手機貼上任何東西，我也不曉得他怎麼處置那些失去黏性的舊大頭貼。

一聽就知道我在問什麼，向陽沉默幾秒，「……也有送給前任過。」他選擇坦承。當察覺我在推離擁抱時出力壓回我，趕緊補了一句：「但他從來沒戴過。」

「嗯……」醋勁強的我仍翹著嘴巴，覺得幸福多了點陰影。那我在向陽心中是獨特的那位，還是眾多男友中的一位？

「這麼喜歡我？」

我吃醋的舉動大概稱了向陽的心，畢竟這代表的是獨占欲和渴望。「嗯，想要你把我擺在第一位，不想跟別人一樣。」

「你是啊！」

這回應拉回我低落的心情，重入飄然的狀態，注意力擺回象徵向陽記號的戒指上。

幾乎天天泡在堀江，我逐漸脫去「好學生」的外貌。向陽教我穿搭和配色，並鼓勵我嘗試以前不敢且從未想過的顏色，例如高彩的黃橘。他也讓我穿他的衣服或使用配件，可惜我怎麼也試不出那股神韻和氣勢。

⍟　⍟　⍟

無所謂，慢慢踏入那世界的日子每分每秒都繽紛多彩。

某晚，向陽說隔幾天要去他高職同學家剪頭髮和染髮。雖說是練習對象，我還是驚訝於念美髮科的這項好福利。

這算是向陽第一次帶我認識他非堀江圈的朋友，又有種達成一項目標的雀躍在我心中滋長。因此我特別緊張，希望給人留下好印象，至少不能丟向陽的面子。

約定那天我沒陪向陽去上班，而是待在家拚命想穿搭，並於出門前特地洗了一次澡，把全身弄得香噴噴的才出門。

由於怕我不知道路，我們約在大立百貨碰面，聽說他朋友的家在附近。

親自來迎接的朋友名叫小樂，非常爽朗健談，體格比向陽粗獷許多卻沒有壓迫感，是那種待在身旁會感到自在的那類人。

我們邊聊邊走到不遠巷子中的一棟三層透天厝前，小樂家在這。一樓的停車場充當他的個人工作室，桌上有各種美容院常見的專業器具和染劑，包括美髮椅和大塊的兩面鏡等。

其實我緊張到無法主動開啟話題，也常句點對話。但或許是這謹慎和閉俗的態度討了小樂的歡心，竟當起我的助攻小天使，直嚷著向陽很幸運、要好好珍惜我之類的話。還故意抱著我致謝，甚至啵了我的臉頰一下，說著：「你好香呀！」

向陽皺眉過來分開我倆，並把我的椅子拉得很遠，轉頭沒好氣地警告友人，「再鬧就不給你練了。」這不滿聽在我耳裡是喜孜孜的示愛。

小樂朝我眨了下眼，終於恢復正經，認真和向陽討論起髮型和顏色，旋即著手照辦。那身手並不輸給真正的設計師。

之後趁向陽去後面的浴室沖頭髮時，小樂走過來對我說：「謝謝你陪在向陽身邊，我第一次看到他這麼放鬆的樣子。」

沒有追問過去是怎樣，但隱約可猜知愛得雖多卻不順遂的事實，我的心底驀地起了強烈的保護欲和捨我其誰的雄心壯志，「能遇到向陽……我很幸運，我會好好珍惜他的。」

小樂露出了略顯早熟的欣慰神色，隨即掏出手機和我交換了聯絡方式，「有需要幫忙的話隨時跟我說！」當然他在向陽出來後便馬上告知此事。

他替向陽剪出時下流行的狼剪，披肩的髮尾則染成軍綠色，頭頂隨意一抓……哦，向陽變得更帥了。

我又目顯愛心地望著自己男友，只差沒流出口水。

接下來我們在一樓外的空地聊天，我多半是聆聽者，聽著他們講述班上同學的近況以及彼此的生活或家庭瑣事。

這種堪比親人的友情同樣是我憧憬的事物之一。雖然高中有幸結交到阿志和其他摯友，但對國中曾遭遇霸凌的我來說，交友從一開始便有了界限，因受傷而建起的防禦機制不是那麼容易消除的，他人與我之間總有道難以跨越的溝。目前只有向陽知道我的傷痕並來到我這處。

這晚的聚會以歡暢作結，我載著向陽回到小套房，激烈地翻雲覆雨了幾回。

「謝謝你讓我走進你的生命裡……」我枕在向陽的胸膛，感激以對。

有個溫柔的掌心在揉搓我的頭髮，另一隻手將我抱得更緊。

隔沒幾日，這次換向陽操刀幫我剪頭髮。縱使他荒廢這技術一陣子，之前的基礎功仍健在，架式比初次在阿萬那見到時更沉穩，所以相同的狼剪倒也像回事。不過，只能說這髮型很看長相，外表偏文的我怎麼也駕馭不了這野性味十足的造型，加上手拙不會抓髮，活生生地浪費了能耍帥的機會。

「我下次幫你修短就好了！」向陽盯著在鏡前手忙腳亂的我，一臉無奈地走過來幫我重新抓好髮梢。

「好不容易可以跟你一樣……」我表示惋惜，卻在鏡中看見我們身上越來越多成對的標誌時豁然開朗。的確不差頭髮這塊。

第17章　進一步

「明天要不要來我家？難得週末沒排班。」

正幫忙擺架上灰塵的我定格，睜大眼回頭看在整理新貨的人。BGM掩蓋不掉剛入耳的話，我馬上咧嘴一笑，「要！」這是向陽第一次開口邀我去他家。

「有點遠，我們搭公車去就好。」

向陽家在小港，需要搭一個多小時的公車才能到。對於家在南高的我來說，坐擁機場的北高小港是除了出國旅遊之外不太會去的區域，所以去他家這行為頓時變得極為可貴，像是要去小旅遊般。

「你明天從你那搭車來堀江，就不要騎車了。啊記得帶換洗的衣服，我們下班後直接去等車。」向陽接著提醒，他今晚有約，無法來我家住。

可以去男友家的雀躍在我腦中猛然閃過前任的臉時黯淡，我莫名緊張起來，忽然不確定是否該前往。

向陽察覺我的異狀，問道：「怎麼了？」

「……你媽會在家嗎？」

「我媽應該沒那麼快回去，不過早上起床還是會碰到，為什麼？你害羞？」

自知瞞不住也沒打算隱瞞，「和前任在一起的時候，我也有去他家玩和過夜過，嗯……」回憶總是這樣，挖了芽頭後就連番地扯出更多枝葉。「就我們一開始忙著談戀愛，導致成績下降不少，結果他媽還有兩邊班導全把錯推到我身上，說是我帶壞他。最後……他媽明言禁止我再去他家啦。」我嘆了口氣，繼續道：「他家人是不知道我們的關係啦，可能認為兒子交了一個愛玩的壞朋友吧，畢竟他是要考T大的人。為了這件事，我還被班導罰寫兩篇作文欸！」

「他沒護著你？」向陽詫異地發問。

「很難吧，而且我功課比他差，他光教我一科就占去他平常念書時間。所以我想他家人講的也沒錯，我真的拖累到他了……」委屈的情緒一發不可收拾，我有些恍惚地盯著眼前的飾品們。這時，背後突然傳來溫暖的擁抱，我低頭瞧，已被向陽圍在懷中。我再次輕嘆了聲，說出了心中顧慮，「所以……我有點怕見到對方家長，怕他們不喜歡我。」

「我媽絕對不會這樣說你，別擔心。」

我點頭，兩手攀上堅定的手臂。

⍟　⍟　⍟

隔天，整理了一小包外宿用的行李，我興奮地出門搭公車去堀江。獨自外住的好處就是去哪都不用報備，家人始終認為我乖乖地待在套房內耍宅。

今天的班上得特別起勁，因為知道有近似獎勵的夜晚在等待。這亢奮久久不退，就連結束後前往公車站牌排隊時也一樣毛躁。

向陽牽著我，已放棄叫我安靜。「到了帶你去附近夜市吃東西。」

「嗯！」

或許正值年輕人逛完街要回家的時段，搭的那班公車非常擠，我們兩人共坐前方的單獨座位。向陽讓我坐靠窗那側，不必面對站立的乘客。可是我發現有位女生刻意擠來向陽跟前，並在司機剎車時故意貼上來，膝蓋明顯互撞。

震驚於女性的大膽，我湊上向陽的耳畔講了這件事。他聽後只是呵呵輕笑，並不當回事，不過立刻一手繞過我的腰收緊，算是明示名草有主的狀態。

這項無聲的宣示讓我心頭小鹿亂撞，產生了小小的優越感，使得那位女性略帶敵意的視線變得不痛不癢。

隨著公車顛晃了一陣，大多數乘客都下車了我們還坐著。我靠在向陽身上，被車身的震動震出睡意，眼皮一沉一沉地死撐。正當意識快要斷片時，向陽的聲音響起。

「要下車了哦，東西記得拿。」

公車停在一個沒什麼路燈的巷口，周圍相當安靜，類似住宅區。由於屁股坐到發麻，我邊捶著側臀邊走向前方投錢，跟著向陽下車。

「我家就在前面，到了我載你去吃東西，有一台達可達可以騎。」向陽貼心地幫我提著那袋小行李。聽到達可達時我難掩欣喜，「我媽以前都騎達可達載我和我哥欸！小時候我們都想搶坐前面加裝的兒童座椅，可是長大了反而變成在爭後座。」

「達可達現在很搶手的說，你們有留著嗎？重新烤漆之後超帥的。」

「沒有，早被操壞了，剎車得靠我媽的雙腳你就知道有多可怕！」

向陽聽見後哈哈大笑，「那確實不能騎了。」

走沒多久，我們來到一棟一樓在做宮廟的四層公寓，有看似廟公和附近居民的人正在裡面抬槓聊天，從天公爐那飄來一股清新的檀香。

由於家裡是信佛教的，我不免好奇張望。儘管認不出供奉的是哪尊神明，仍依照從小聽大人交代的指示，駐足並合掌垂首地拜了一下。

向陽家在這棟的二樓，看起來大家都是熟識，只見他朝那些人點了下頭後便轉開旁邊鐵門帶我進去，同時介紹，「我阿舅開的，我媽有時也會下來幫忙。」

一接收這些新資訊，頓感無來由的崇拜。我抬頭望著帶路的他，在隱晦樓梯間的背影瞬間變得絢爛無比。

而心情在踏進向陽家的那刻達到高點，體內猶如萬丈波濤在跌宕。

「你要穿拖鞋嗎？我房間在這，你把東西拿進來。」不等我回應，向陽已先行從散在鞋櫃前的拖鞋堆中挑了較乾淨的一雙擺在我腳邊，然後比著大門左手邊的房間。

心臟開始撲通撲通地跳了起來，對於即將接觸到向陽日常且私密的一面，心中湧現無可名狀的感動。

我忘了穿上拖鞋，迫不及待地握住門把推開，終於見到了那扇木製門扉後的世界。

向陽的房間給我近似阿嬤家的親近感，木製材質的陳列使得一切猶如一張泛黃照片立體成型。靠牆的大床占據房內三分之二的空間，一旁擺有衣櫃和書桌，幾乎沒什麼可行走的地方。而書桌旁的對外窗掛有尚未拉上的深灰色窗簾，只是毛玻璃窗面讓我無法知曉外面是怎樣的景致。

這處的味道和客廳那摻有食物的生活氣息不同，空氣中混合著向陽的香水、洗衣精，以及他天生的體香，灌進鼻腔後竟讓我神馳。

視線從棕色的素面床罩組移向正在拿掉身上飾品的向陽，他同時伸手拉上窗簾。

「這是你房間？」仍杵在門口驚嘆的我問了幼稚的問題。

向陽笑了笑，「嗯啊，你東西放床上，我們去吃飯。」

低頭瞧著那條無形的界線，彷彿要踏進的是什麼殿堂，我慎重地抬起腳跨越。進來了……我呼了一口氣，知道漲滿胸口的是感動。放下東西後我順勢摸了摸棉被，冰涼、澎軟，蓋在身上一定很舒服。

腦中不自覺想起我的房間。我媽重視季節感，家裡有夏冬被之外，床罩組的花色也隨季而有所區隔，但全為她的主張，我貼在牆上的海報怎麼也無法搶回自己的色彩。

見我恍神，整理好的向陽走過來牽著我的手，他的手上不知道什麼時候多了一頂安全帽。「吃完再回來慢慢看。」

我們很快下樓，眼熟的 50 cc 達可達讓我備感親切。這是向陽第一次載我，也是我第一次坐在男友後方。因為和前任交往期間，他還沒考到駕照。

拘謹地抓著向陽的衣角，卻在溫熱夜風的加持下，我的兩手逐漸往前攀，最終全面摟住向陽的腰腹。前胸貼後背的狀態讓我一顆心始終懸宕，並差點在向陽停紅燈的回握那刻從嘴中跳出。

「我、我是不是很重？還是我騎？」緊張的我想轉移話題，僅得到陣陣輕笑。

我們抵達附近的小夜市，那裡沒什麼人，不過人潮多寡並不影響小吃的美味，鐵板燒照樣香醇飽足。由於雙方返家的心思急切，吃完頂多稍微逛了一下便離場。

重回向陽家，胃也差不多消化完畢，於是向陽催我先去洗澡。「洗……乾淨一點。」介紹完該用哪罐沐浴乳和洗髮精，他坐回沙發上注視抱著換洗衣服和浴巾的我，一臉痞氣地提醒。

只有主臥附有浴室，但那是向陽媽媽的房間，外人不便進去。而外頭這間浴室正巧位在沙發正對面，緊鄰電視，使得此刻猶如被人觀看入浴般。當下意會出向陽所謂何意，我感到難為情，「你……去房間，不然電視開大聲一點。」無論是沖水聲還是清理時的排放聲，我都羞於讓這完美的人聽見。

向陽的眼眸亮了下，不過很快恢復鎮定，好似掐熄了戲謔的念頭。他拿起遙控器，轉大了電視音量。

聽著綜藝節目震耳的罐頭笑聲，我謹慎地踏入充斥各種瓶罐的浴室，裡頭地板上還有一個古早大鐵盆，聽說是向陽他媽拿來洗藥草用的。難怪空間中有股淡淡的青草味。

在男友家的第一次有著難以言喻的性刺激，搓洗時我已全身燥熱，後庭則在排水時瑟縮連連，等不及讓那粗大的傢伙進來撫慰。所以踏出浴室的我臉紅得誇張，分不清是過熱的蒸氣烘出來的，抑或是高漲的情慾所致。

向陽緊接著進去洗，讓我先到房間等他，時間已過了午夜十二點。

床及棉被如我所料的舒服且布滿向陽的味道，我趁機猛吸，又鑽又擁，像極了一名變態。

不久後，洗好的向陽用毛巾擦著頭髮，推門而入，撞見捲成束狀的密實男友包。「你在幹嘛？」他忍不住笑了出來，坐在床沿拿過吹風機開始吹頭。

「等你呀！」不顧水氣會噴到臉上，我滾過去蹭在他身邊，他偶爾空出撥髮的手拍拍我，頭髮只吹到半乾便結束。

我觀察他，髮尾的顏色已退成亮綠卻依然迷人。

「你躺好，我要關燈了哦！」向陽走到門邊，手擺在電燈開關上。「啊，我媽可能隨時會回來，你不要叫太大聲。」

害羞地點頭，我已蓋好棉被，乖巧地躺在靠牆那側。心臟咚咚地狂跳，然而，新的驚喜發生在燈滅的那一刻。

我倒抽一口氣，瞠目地盯著四周突然散出點點微弱綠光的牆壁。向陽似乎頗滿意我的反應，他坐到我身旁，仰頭跟著環顧。

「這是……什麼？」我伸手摸著離我最近的光，這才發現是一個平面的星星圖樣。

「我用夜光筆畫的，雖然只能持續一下下，但還是很漂亮。看不夠的話再開燈就好。」他頓了下，「我討厭太暗，所以畫了星星陪我。」

追尋著每個小圖，有種在看幻燈片的錯覺，說不明的悸動在心頭發酵，「你以後幫我的房間畫，好不好？」

「嗯！」

熒光漸漸晦暗，向陽欺上前的身軀覆蓋我欣賞外界的視線。唇舌傳來柔軟的試探，胸前則有乳尖遭掐的刺激，我的兩腿早自動纏上，用擺動的胯間不斷暗示。

第18章　用心

黑暗中，我們注視彼此的瞳孔似乎仍殘留著那些夜光，正在粼粼閃爍。向陽的手移到我的褲頭，我屈起腳方便他褪去。這一次，他接著把我的上衣脫掉，讓我整個人光溜溜地被染上體溫的床鋪包圍。

「嗯……」接下來，我沉溺在向陽給我的歡愉中，壓根忘了控制聲音，怎麼感受怎麼叫，直到有個手掌伸來摀住我的嘴巴。

「噓——我媽回來了。」

我一驚，全身頓時緊繃，胸膛隨之急遽起伏。向陽同時哼唧了聲，刻意抖動腰臀幾回，用氣音在我耳邊呢喃：「夾這麼緊？想給我媽看？」

「嗚唔！」嘴巴受箝制，我只好用喉音回答。這時，外頭有了動靜，我聽見門外的腳步聲唰唰地來到向陽門前，心臟再次高速猛跳，我瞪大眼望著向陽，他只是隨手撈過床尾的棉被蓋住我們，像在玩躲貓貓。

心跳和粗重的鼻息迴盪在側，我感到難以呼吸且熱出一身汗。向陽反倒攻克起來，在這座棉被山中侵踏我後庭的門戶，讓厚重的布料吸收強勁的肉擊聲。

身體幾乎半凹，自己的分身甩出幾滴恥液落在肚皮上。我抓住他的手想移開，光靠鼻子的吸吐並不足以緩解波波難以抵擋的高潮。「嗯……唔嗚……」我不斷出聲示意，卻依然被向陽牽制住。

懸空的屁股和下腰逐漸痠麻，感知那巨碩越頂越深，窒息感往心頭添了某種加速宣洩的情緒，沒多久我便渾身一顫，性器頂端射出了白稠。

「你好淫蕩啊……」

向陽悠悠的笑聲百轉千迴地在鼓膜中碰撞，令我的視野有些模糊。這場強勢的律動持續到直腸內出現明顯的流動感才停止，我也終於重獲嘴巴的自由。「哈啊……」我馬上掀開棉被大口大口地吸氣，卻不敢放肆，因為瞥見門縫下傳來客廳的亮光。

坐定的向陽同樣喘著，他伸長手拎過掛在椅背上的毛巾墊在我的屁股下，之後才拔出疲軟的陰莖。吐液中的洞口和腸壁仍燒燙，但毛巾的溼氣帶來冰鎮的效果，使我不自覺左右搖起屁股去找涼爽的部分。

向陽抽了幾張衛生紙幫我擦臉上的汗和滲液的私處，順便將冷氣的溫度調低。

「你媽什麼時候睡覺啊？」我悄聲詢問，畢竟浴室在客廳，總不能頂著滿身淫味去跟對方家長打招呼，然後走進廁所洗屁屁吧？

「我媽吃完宵夜就會回房間了，你在這裡等一下，我去陪她聊幾句。」向陽穿好褲子並順了順被我抓皺的上衣。

「啊……哦……我不用去嗎？」

「不用，我會說你先睡了，別擔心。」向陽親了我的額頭一下，打開擺在床頭的小夜燈，讓昏黃的光芒陪我，接著便下床開門離去。

聽不見他們在聊什麼，頂多是窸窣的聲響，這反而突出了房內的安靜。遍體的黏膩慢慢被冷氣吹乾，我開始感到涼意。正要伸手拿睡衣穿上時，門外的燈光啪地暗下，繼之向陽返回的身影。

當他看到我在套T恤時，突然快步上前奪走，「不准穿衣服。」

「嗯？」我詫異，手反射性地握住一端衣角搶回。

「不要穿，就這樣睡覺。」向陽大手一揮，把我的衣服扔到書桌上。

我沒有裸睡過，加上之前做完也沒這樣，心中不禁慌張起來。「可是……可是我會冷。」冷氣的風轉為刺骨，我搓著手臂取暖。

「蓋棉被就好了，過來。」向陽悠哉地在外側躺下，把散亂的被子鋪好後掀開，等著我鑽進去他懷中。

「……哦。」正要行動的我想起另一個問題，「啊我還沒洗……」

「明天睡醒再洗。」

聞言，括約肌縮動了幾下，似乎擠出一些殘餘的精液。我扭捏地照辦，滑進了那個親密空間。

雖然有東西罩著，但赤裸的不安仍讓我像隻剛出生的雛鳥般，邊抖邊蜷縮在向陽懷中，吸取他的溫暖，拚了命地留在這唯一能給我慰藉的場所。

向陽抱得比任何時候都用力，如同要把我融進他體內似的，整晚沒變過姿勢。

這晚我睡得不安穩，儘管待在名為向陽的宇宙內，卻總做著踩空的夢境，如此迎來了腦袋發脹的早晨。睜開眼，大腦尚在酣眠地試圖理解身在何處之際，身旁的向陽察覺後翻身壓上，折起我的雙腳，在肛門和大腿內側乾掉的痕跡上吐了口水，粗糙地伸進手指。

鮮明的摩擦感即刻喚醒生理和意識，我撐著手往後退，頭竟砰地撞到床頭櫃。但頭疼比不上下體的刺激，我連聲疾呼：「向陽，我會痛！」我想縮腳，兩腿卻被牢牢地擺成敞開的M腿。

「痛？哪裡？」

隱約的太陽光使我得以捕捉大致輪廓，只見向陽的表情瞬間變得複雜，夾雜著受傷、猜忌，甚至有一點點……憤怒。這麼問的時候，他的手指依然在動，時不時激出刺痛。「這裡？」他邊摳邊問，那裡有的只有他前晚留下的痕跡。

我怔住卻很快恍悟。看臉色是從小養成的習性，配合對方是隨之而生的處世方法。我希望盡力滿足他人的需求，因為我想要別人對著我的不是怒容而是滿足的笑顏。直覺向陽聯想到過往的傷痛，腦中驀地響起他當初要我聽的歌——Zip的〈用心〉。

你知道我是用心
一直努力　去抓住我們的愛情
不要再讓我一個人孤寂
給我個機會讓我說愛你

心痛和不捨綑起，想給予這人幸福的念頭壓過一切，於是我背離自己的感官去迎合，只願向陽開心。

這人需要我的事實滿足了身心。

「入口附近而已，裡面不、不會痛……」我不著痕跡地自行調了角度並試圖舒坦眉間的溝壑，因為些微磨破皮的腸壁仍然很痛，猶如有群螞蟻在咬。

「那我插這裡。」

這話不帶什麼實效，充血的凶器進來後再度撐開所有小傷，緩動、急抽、廝磨都難受。我忍耐著，沒體驗太多高潮，勃起也呈半調子狀態，就連後來向陽的精液在裡頭沖刷亦未見舒緩。

我不曉得我有哭，直到抹去淚痕的指尖在臉上徘徊時才留意到。

「我媽到樓下幫忙了，要過八點才會上來，我先帶你去沖身體。」向陽的語調溫柔，小心地扶著全裸的我起身下床。

第一次得腳開開用外八走路才不至於過度磨到私處，但驚嚇在我發現向陽跟著進浴室時再起。

「你、你也要洗？那你先——」

「我幫你洗，你蹲下。」不等我應聲，向陽早一步取下蓮蓬頭在試水溫。

「不、不不……不用……」我大結巴，還沒有做好單方面鴛鴦浴的心理準備，但在我呆滯的時候，已有力道壓著我的肩頭迫使我蹲低。羞恥感炸裂，我垂首，只敢盯著地板上的水流，盡量不去瞧伸向胯間的蓮蓬頭和手。

「唔……」向陽沖洗的方式如同美容院的洗頭，處處謹慎。小穴傳來溫暖的浸泡感，且緩進的手指也不若方才粗暴，有種坐浴的感覺，導致剛剛的半槍竟在這裡高昂，我射在了浴室。

事後的擦乾和穿衣也由向陽操作，我儼如無法自理的嬰兒，全仰賴這人照料。

本以為這是偶發的情趣，卻在幾天後再次來到向陽家留宿時重現。我好像理解了什麼。

台灣夏季多颱風，這晚恰巧遇到颱風夜。我從小就怕打雷，外頭雷電交加的雨勢很嚇人，於是性事後的強迫裸睡讓我恐慌到快要崩潰。

我一直哭，把自己縮得很小，肌肉頻顫地死命抓著向陽，語無倫次地嚷嚷：「很可怕、好可怕……」

向陽輕柔地拍著我的背哄我，像上次一樣摟得非常緊。他的聲音不見慌亂，反倒是沉穩的低嗓，規律地重複道：「沒事，有我在，不要怕。」

由於躲在棉被和向陽懷中，溫吞的缺氧條件和哭泣讓我最終在恍惚中睡著，當然沒睡好。

經過這兩次，我意識到向陽喜歡我無助和依賴的模樣，而這剛好是現在的我覺得最舒適的狀態，由我崇拜的人帶領我前行。

我猜想，這是向陽用心愛我的方式，既然如此，我也必須用心回應。

第19章　嗷嗷

我待在向陽家的次數變多了，儘管租的套房離新堀江較近且方便，但向陽家卻更讓我安心，畢竟空蕩蕩和未裝潢完的套房看上去實在有些冷漠。

由於通車時間拉長，每天需要更早出門才趕得及向陽上班。已將作息切換成放假模式的我常起不了床，偶爾還生著起床氣，向陽於是要我留在家等他。

這決定讓我感到備受呵護和疼愛。

當鬧鐘響時，向陽會先抱著我親一下才下床梳洗，我則是賴在床上，腦袋朦朧地望著換衣打扮的他，幸福之情不言而喻。

注意到我的視線，他回頭露出寵溺的微笑，從擺在書桌上的皮夾取出幾張百元鈔。「餓了記得出去買，別光吃零食。要是真不想出門，冰箱或廚房的東西也可以吃，不然就要等我晚上買回來或帶你出去吃。」

「我要等你！」我撒嬌地回應。有部分是打算幫忙省錢，因為這些錢是向陽為了減輕家計而辛苦賺來的，不願他花太多在我身上。

拍了拍我的頭，「熱了就開冷氣，知道嗎？想看電視就去看，我媽沒關係的。」向陽體貼地告知，明白我有諸多顧慮。

「向陽……你會不會覺得自己的男友很廢？我年紀比你大，卻是你——」我刻意問著陷阱題。其實清楚向陽會怎麼回，而那是我當前亟需聽見的保證。

「你做不來啦，就我養你啊！」

如所料的答案安撫了心中不安，「謝謝……」對於本性被摸清，我並不覺得丟臉或不妥，滿腦子想的是要全心全意珍惜向陽以作報答。我湊上前與他接吻，照樣因著那舌環而興奮連連。

向陽揉著我的胸部，隔著衣服把軟軟的乳尖欺凌到硬挺，此舉逼出我連聲的嬌喘。他揚著得逞的笑，「沒時間做了，你等下自己玩，啊衛生紙記得丟進垃圾桶，我媽念過一次。」他輕捏了我的臉頰提醒。

之前我不曉得向陽的房間是由他媽媽來打掃的，所以自慰完的衛生紙被我慣性地隨意扔在地板，預計晚點再收拾。怎料恰巧被他母親發現，一握就知曉裡頭包的是什麼。百口莫辯，精心經營的乖巧形象硬是打了折扣。

「……我又不是故意的。」

「小髒鬼！晚上操翻你！」轉身拾起肩包，向陽又親了我一下，「不用出來送我了，你繼續睡。」

「路上小心，下班後要快點回來哦！」衝著消失於門後的背影大喊，我散漫地躺回床上。

類似新婚嬌妻的戲碼幾乎天天上演，但送向陽出門的我不必煩惱家事或整頓其他任何雜事。聽著大門喀嚓關上，聽覺轉往外頭喧囂及樓下宮廟的交談聲，我在昏暗的房內補了場回籠覺。

雖說向陽家讓我感到舒適，不過這裡終究是別人家，我不好意思在房子主人不在的情況下亂晃。常常獨自在向陽房間躺一整天，用我的Walkman聽他的ＣＤ。偶爾口渴了便到外面倒杯水來喝，睏了就原地入睡。

叩叩——

某天正打著盹時，突然聽到敲門聲。日間的光亮讓我知道門外的不是向陽，於是嚇得馬上彈起來去應門，並快速瞄了眼房內以確認四周無異狀和異味。打開門，略胖的婦人親切地晃著手中塑膠袋。「阿姨！」我喊了聲，那是向陽的媽媽。

「阿哲，我買了中餐，你出來吃。」

我詫異，記得向陽的媽媽是有在工作的，平日早早出門，近午夜才返家。「啊、謝謝阿姨。」我關掉電風扇，到客廳沙發坐著。

阿姨轉著電視新聞，把一份自助餐的便當和免洗筷子遞過來。她知道向陽的性向，自然知道我是什麼人。但她跟強哥一樣，從沒過問我的來歷或干預我們的關係，對我天天住在這的可疑狀況也不覺有異，有次她甚至向樓下的人介紹我是新認的乾兒子，語透驕傲的。

這種把我當自己人並予以認同的胸懷令我感動，亦是我喜歡待在這裡的原因之一。

原以為阿姨是下午沒事，沒想到她匆匆吃完便俐落地拖起地在打掃房子，包括向陽房間。收拾完畢就告知她要回去工作了，要我慢慢吃。我才驚覺，阿姨竟然是特地回來送飯給兒子的廢男友，同時善用時間在維持家裡整潔。

不論是向陽的媽媽或是我媽，總覺得那一代的女性都非常堅韌和能幹。

我媽是職業婦女，同樣把家持得有條有理，從小就替我和我哥打理好生活的一切。雖然家境不算寬裕，但她絕不會讓我們在物質方面有所匱乏。我猜這些是她對兒時得不到母愛的反動。只是，個性較急的她沒什麼耐性教導，每當我們犯錯或表現得不如預期，通常會得到嚴厲的斥責或一頓藤條，打到我們哭著道歉。

比起來，我爸的存在感趨於零，至少在成長過程中，我對我爸沒什麼印象，僅認為這人好忙且不多話，假日都待在家補眠，不跟我們去戶外踏青運動。

獨自吃著便當，我想起了這些被我拋諸腦後的家人們。

⍟　⍟　⍟

看了幾部重播好多次的國片和洋片，下午我走回向陽的房間，傳了幾通簡訊給他後，我呈大字狀攤在床上。眼珠子無聊地打量，不經意瞥到堆在書桌最上層的幾個紙箱。

向陽說家裡的東西隨我用，唯一再三交代不准去碰或看那幾個箱子，宣稱那裡頭是黑歷史的過去，不想我看見。當時聽完只直覺這跟潘朵拉的盒子一樣引人犯罪，不過不願破壞信任的我倒是乖乖守著約定，每每都強制壓下探查的念頭。

這會兒無事可做的我盯著那些紙箱，又起了好奇心，但腦中仍在天人交戰。最終理智勝出，我改為翻找書桌抽屜，看看有沒有什麼掌上型電動能玩，怎料竟在角落發現那曾貼在向陽手機背面的大頭貼——他與前任的。

其實這不代表什麼，我自己也是把前任的東西和照片收進抽屜最裡邊藏著，但這次有機會仔細觀察向陽的前男友，越瞧，心情越沉重。

那位男生長得很可愛，穿搭同樣出色亮眼，兩人的合照像是會發出刺眼光芒般，只給人這一對好速配的感覺。

我忽地對自己失了信心並擔心起一件事。

——向陽是不是最終會選擇同個世界的人？

無論我怎麼改變外貌或行為，終究無法與之並行。過去我能用「好學生」這身分包裝我的平庸和無趣，現在呢？真相遭識破的那刻，向陽還會喜歡我嗎？

我陷入迷惘，明明憎恨用成績決定一切的世界，那卻是我唯一能做好的事情。

第20章　吃醋

自從手賤在向陽房間翻到大頭貼後，我常旁敲側擊地詢問向陽關於戀愛觀的事，並暗自把話題帶到他的前任們，藉此歸納或找出一些什麼來確保我在他心中的至高位置。

可惜越聽越不安。

向陽說前任是學弟，是他去追來的。

感情這東西，主動追求的總是比較深刻。

胸口悶悶的像有團烏雲盤踞在那，「所以……你們是怎麼分的啊？」我忍不住發問，因為提分手和被分手帶來的影響不同，殘留的情感多寡也不同。加上如果〈用心〉這首歌表達的是向陽當時的心情，那麼他應該是很愛那人的。

「……為什麼問？」向陽把注意力從手機移到我這邊。

聽出生人勿近的訊號，我故作鎮定地繼續吃他買回來的炸雞，聳了下肩，「沒什麼，突然想到而已……我記得他長得很可愛，會好奇啊……」可恨的妒意讓我管不住嘴巴，硬是多補一句，語調甚至有些尖銳。

接下來，向陽的沉默讓我如坐針氈，於是努力思考該怎麼彌補和轉開話題。我盯著電視上的綜藝節目，試圖抓出一些笑料來化解。

「他劈腿。」

入耳的三字嚇得我差點吐出嚼到一半的肉，旋即扭頭盯著表情無多大漣漪的人。

「說是要氣我……」向陽講得淡薄，如同這事與他無關。「他後來有哭著下跪道歉，要我不要分手，但——」

我吞下一口唾沫，屏息以待。

「你出現了呀！」勾起嘴角的向陽依舊看來嚴肅，像在強顏歡笑。「你和我遇過的人都不一樣，和你在一起很輕鬆。」

「那你們還有聯絡嗎？」沒有得到解答的舒坦，腦子反而迸出許多八點檔的情節，我邊追問邊無意識地把玩左手小指上那枚向陽送我的尾戒。

「嗯……我們有共同的朋友，況且之後回學校也會遇到。」

心頭那片烏雲越發厚重了，我試圖撥開雲層來調順呼吸。

「……他有時會來住我家。」

「哈？」我維持驚呼後的張嘴貌，「什麼時候？我們在一起之後也是嗎？」我的音量放大，快要壓過電視的聲音。

「他喝醉了，不過我們沒有一起睡，他睡我房間，我睡隔壁那間。」

與向陽房間僅一牆之隔的是用來堆放雜物的空房，但重點不在這裡。

我從沙發上跳起來，猶如潑婦罵街般朝他大聲嚷嚷：「你有跟他出去？你為什麼沒跟我說？他是你前任欸！而且為什麼要讓他睡你家？還睡你房間！他沒有其他朋友嗎？」醋勁大發的我抓起手機就衝回房——向陽的房間——接著砰地鎖門，戴上耳機不去理會追上的聲響。儘管聽的是輕快的搖滾樂，眼淚卻莫名滑落。

幾首歌過去，越想越委屈，行為也逐漸失控。擦乾眼淚，我吵雜地收拾起東西，繼之開門而出，對到門外一臉凝重的向陽。「我要回家。」不等他開口，我逕自朝大門走去，忽地有股力道拉住我。

「太晚了，現在已經沒公車了。」

「我坐計程車，不然用走的！」我嘗試掙脫出那越箍越緊的臂膀。

「不要這樣，我對他已經沒有感覺。」向陽也急了，幾乎是用吼的在解釋。「我以後不會讓他來了，好不好？」

止住的眼淚又開始氾濫，不確定是出於感動還是懊惱，我其實和其他人一模一樣。向陽的承諾並沒給我太大喜悅，我只是點點頭，讓他取走我的小行李並轉過我摟進懷中，就那樣原地站著度過一段寂靜時光。

安撫完我的情緒，向陽面露些許疲憊，「我去洗澡，你看要不要先睡。」

「我要看電視。」明明對自己剛才幼稚的舉動感到難為情，倔脾氣卻不肯低頭，硬是轉往惱羞成怒。但冷淡的應對一出口，我即在內心咒罵起把氣氛弄得更僵的自己，這時隨便撒個嬌不就沒事了？

向陽沒多說什麼，帶著換洗衣物便進去洗澡。

嘩啦啦的水聲隨之響起，我心不在焉地轉著每個頻道。向陽的前任在不久以前躺過那張床，這想法打開了我心中某種開關，導致以往沒注意的小事皆變得可疑，例如——向陽震個不停的手機。

沒有去碰塵封的紙箱，但我卻做了另一項觸犯禁忌的行為。斜睨向陽留在沙發上的手機，其上正閃著示意有未讀訊息的綠光，我終究是克制不住地伸手拿了過來。一邊注意浴室的動靜，我端詳起手中這項通訊玩意。

向陽用的是Motorola的Ｖ８０８８摺疊機，我並不熟悉這廠牌，所以不曉得打開後，這顯示新訊息的色光是否還會存在。可是……掌心又傳來震動。

我掀開了蓋子。

螢幕被幾條顯示前兩行內容的訊息占滿，文字躍進腦中轉成具有意思的句子後，我倏地充滿罪惡感，手早一步闔起手機，卻絕望地察覺通知光已經滅了，原來掀蓋等同確認。

怎麼辦？

情急之下的腦子總是荒唐，我再度打開，飛快地把那些訊息全刪了，這樣向陽就不會知道。

刪的時候眼睛又不受控地讀起來自同一個人的簡訊——那是我不認識的名字，他在約向陽見面和借東西什麼的。如果沒有剛才那段爭吵，我對這些親密用字不會有任何感覺，然而此刻，任何細節都意有所指。

我甩了甩頭，阻止妄想過度放縱。趁沖水聲仍立體的時候，我把平靜無異的手機放回原位，然後心虛地關掉電視，回到房間去躺著，不斷在心中祈禱向陽別發現與那人之間的斷層。

躁動的心情讓我睡不著，只是對著牆壁發呆。關燈時由夜光筆畫出的星星依然美麗，但那光芒卻在我的掌中慢慢黯淡，握拳後，什麼也沒抓住。

專注在盯牆，直到有手將我往後摟才回神，後背嵌進一溫暖的胸膛，脖頸漫出細碎的吐息，另有一隻手在重整覆蓋兩人的棉被。

「……晚安。」

向陽悠悠的低音迴盪在房內，裝睡的我沒有回應。

第21章　忽然之間

擔心的事沒有發生，至少向陽從沒來質問我關於簡訊的事，所以我並不曉得真相為何。

這陣子我幾乎天天寫日記，把所有對關係的焦慮和不安寫下來。儘管透過書寫，我得以客觀地檢視自身，發現的卻是自己驚人的獨占欲和執著，希望向陽把焦點和心思放在我身上。

或許意念傳達了什麼，我感覺向陽的確比之前更重視我，這多少消除了我心中的隱憂，同時愈加沉溺於有他的世界。這份感情日漸濃烈，渴望永遠的羈絆，讓我再也不必踏入原先的地方。

⍟　⍟　⍟

某天下午，從堀江逛完街的我們回到那間豪華套房休息，話題聊到彼此喜歡的歌，向陽甚至會直接哼上幾句給我聽。他拱著五音不全的我歌唱，並拚命幫我合音和打拍。

兩小無猜的甜蜜緩緩在充盈午後陽光的臥室醞釀，直至他提到一首莫文蔚的歌——〈忽然之間〉。

「這首歌的歌詞寫得很好呢。」向陽兩手往後撐在床上坐著，仰頭望向天花板。我以為他在想歌詞，只是點點頭，沒多在意他收斂下來的嘴角。

「你唱給我聽！」跟其他首一樣，我躺在他身旁催促道。

我明白太放不開你的愛　太熟悉你的關懷
分不開　想你算是安慰還是悲哀
而現在　就算時針都停擺　就算生命像塵埃
分不開　我們也許反而更相信愛

我咀嚼著歌詞，感到濃濃的惆悵，胸口因而悶了起來。不過旋律的確優美好聽，我猜原曲鐵定相當催淚。這麼想的時候，細小的哽咽突然飄入耳，那來自隔壁。我驚坐起身，望見垂首的向陽。「你怎麼了？」詢問的同時不禁震懾於這首歌的悲情威力，但敏感的神經早已聯想到隱於其中的可能原因。

「……沒事，我想一個人靜一下，你待在這，我去客廳。」

向陽的視線始終落在某個遠處，待我反應過來前，一抹匆匆跑去客廳的背影已映在我的視網膜上。

這項推開的舉動傷人，原先弭平的各種不安倏地高漲。我呆滯地盯著房門口，那裡看不見客廳的全貌，所以我不曉得向陽位在何處或臉上是什麼樣的表情。

妒意沒有燃起，我頹敗地躺回床。

——又是向陽的前任嗎？是那個男生？還是更早的某位？

混沌的腦袋似要逃避現實般，我竟然睡著了。不曉得過了多久，有人搖著將我喚醒。

「……我要出門了，明天見。」

天色已暗，加上房間沒開燈，使我看不清那張晦暗的臉龐，只想起向陽今晚臨時要打工，而我答應我媽要回家。雖然本來就知道不會共度，但這一刻，分離竟顯得苦澀。

我微笑，「嗯，路上小心。」

他親了我的臉頰又拍了一下我的頭，「不用送我，你等下回家也小心。」

等到世界剩我一人，我才慢慢呼出哽住的嘆息。沒獨留太久，我抓過車鑰匙，提早回到家——一處圓滿得不切實際的家庭。

⍟　⍟　⍟

晚餐過後，沒心情與家人抬槓的我早早洗完澡便躲去房間。被單鬆軟，和枕頭一樣殘有日頭的味道，大概是我媽特地為了今天而拿去曬的。

我上網抓了莫文蔚的那首歌來聽，房間頓時充斥曲中那股淡淡的遺憾和思念。隨著不斷的 repeat，腦子自動補全向陽未言明的坎坷情史，也對無法與逝去的愛抗衡一事感到無力。

或許他心底有塊留給最愛的位置吧，那裡頭待的不是我。又聽完一次，我關掉了那首歌，改把 Zip 的 CD 放進音響播放。思緒照樣漫無邊際地在虛空亂舞。

不確定整張專輯回放了幾輪，向陽的來電打斷了胡思亂想的時光。他剛下班，正準備搭車回家。對話起初跟一般情侶的閒聊無異，但在一個空檔之際，「……向陽，你還喜歡前任的話，應該去追回來。」其實聽不見自己的聲音，因為鼓譟耳膜的僅剩心跳。

嗯？我剛說了什麼？

無法確認這是為了試探還是誠心的建議，一講完，有股龐然的恐慌籠罩住我，視野不再澄澈，前行或後退的道路消失，如同愛麗絲找不到下一步方向般。

我的手在發抖，聽筒那沒有丁點聲響，寂靜拓深了憶測的可能性，惶恐的我馬上掛斷電話並關機，躲進安全的棉被中。

高雄四季如夏，我卻覺得好冷。

眼淚像洩洪的水壩，浸溼了枕頭和被單。那個提議不是由衷的，是孤單的潛意識躍出表面來刻意操控的局。不顧凡事無絕對的定理，亟需確認自身被放上秤衡量後永遠不會是遭遺棄的那一方。

我不要他當真，卻沒勇氣說實話，深怕聽見一聲毅然的「好」。我一直哭，無法想像失去向陽的自已該怎麼生活、該怎麼迎接明天。胸口快要窒息，我眨著淚眼環視潔淨的牆壁，悲嘆沒機會請向陽前來畫上陪我睡覺的星星。

耳內飄入熟悉的旋律，原來音響仍在持續播放。我抽離主觀意識進入那些曲子中，揣摩著向陽的每個當下。

那我也會成為某首駐足在他心中的歌嗎？

時值深夜兩點多，仍舊鬱悶的我偷偷推開房門。爸媽已經睡了，整間房子靜悄悄的。貓步地走至玄關，接連打開大門和鐵門，我躡手躡腳地隻身外出。

機車引擎在無聲的社區中顯得突兀，我像逃難似地騎走。

想吹風的我起先只是漫無目的地馳騁在每條大街小巷，直到路過大立百貨才開始勾勒起路徑——我決定把和向陽去過的所有地方都重新走一遍，包括城市光廊、阿萬的美容院、新堀江、各區大大小小的夜市、約會聖地的西子灣等等。

忘了披件外套，過疾的風速捎來涼意，但臉頰上的熱淚壓過手臂上的寒顫。穿梭於寂寥的城市中，我忘情地紀念這段關係，讓舊地的輪廓成為心底道道永不磨滅的刻痕。

趕在父母起床前返家，我在清晨時入眠，掏空的身心使我一路睡到了當日傍晚。

第22章　愛

「阿哲，麥擱睏啊（別再睡了），起來吃飯，你睡一整天了，晚上要做夜貓子膩！」

聽見呼喚，我惺忪地睜開眼，睡太久的頭很沉很脹，讓我下床後一時抓不住身體重心，走至客廳的腳步顛晃，連帶使周遭一切蒙上如真似幻的面紗。

盯著冒出細緻蒸氣的飯菜，自動解析起香味的腦子漸漸清醒，制式地握筷夾菜，卻猛然想起昨天的事——和向陽分開的事。生理顯然呼應了心理，我不僅失去食欲，甚至感到胃沉的不適。

「啊你目睭那欸腫腫（眼睛怎麼腫腫的）？隱形眼鏡戴太久哦？」

我媽的關切喚回陷入憂鬱的神智，我內心一驚，這才感知雙眼的違和。「嘿啊，昨晚忘了拔就睡了。」我推了下眼鏡，隨口謅了常見的理由敷衍。

叮嚀了幾句要愛護眼睛，我媽便將話題切回家裡的日常瑣事及電視上重播好幾次的新聞。

或許是生存本能不願面對難耐的現實，吃完晚餐不到幾個鐘頭我又想睡了。草草沖了澡，我再度回到房間躺著準備入眠，正好銜接進原先的作息。關機中的手機仍躺在前晚扔去的位置，反正也沒其他人會聯絡我，索性繼續放置。

隔天我在上午起床，努力把思緒拉回無趣的人生，久違地陪我媽去菜市場買菜，順便在有名的老麵攤解決中餐，還喝了碗沁涼的愛玉粉圓湯，每樣均打包一份回去給我爸。

下午我玩著電腦遊戲，贏了幾局也輸了幾局。沒眨幾次的眼睛逐漸痠痛，終於關上休息，一腳屈起在椅子上發呆。黯淡的電腦螢幕映出一無聊身影，看得我煩躁，「嘖。」撇開視線的我隨手撈過手機，沒細想就點開電源。

在開機畫面暗下後，隨之而起的是接連的震動。我怔住，盯著畫面不斷跳出未讀訊息和未接來電的通知——全來自向陽。

我不敢看卻又遏制不住心中騷動，待手機連番的嘟嘟停止後，我從第一封開始讀起。

「看到打給我。」

「拜託你接電話。」

「我真的不喜歡他了，相信我。」

「能不能見面？我去你家找你。」

「我很想見你，拜託理我……」

類似的訊息多達十幾封。

沒留意到自己是屏息在閱讀，直到讀完最後一則才趕緊吁出氣，也於這時嗚咽地哭出聲，我立刻回撥給向陽，不管他現在有否在上班。鈴響不到兩秒即停，彼端傳來焦慮的呼喚。

「你在哪裡？」

聽聞向陽的聲音，啜泣瞬間轉為啕哭，我拉過棉被遮掩，免得被家人發現。「在、在家……你在哪？」

「我在堀江，你能過來嗎？還是下班後我去找你？」

「我、我……你……你還想……見……」我哭得泣不成聲，還是好想奔進這人的懷抱，卻又擔心已被對方討厭。

「我想，很想很想。」

似乎聽見那一頭的語咽，我責備起自己，怎麼能讓向陽傷心，我發誓要給他幸福的啊！「我、我現在過去找你……你在強哥的店嗎？」

「嗯，我再一個多小時就下班了。」

向陽的口吻明顯鬆懈，但那有氣無力的氛圍如同利刃，往我心頭上劃了幾刀，消滅因勝出幼稚選局而起的歡欣。握緊手機的手在抖著，「我、我馬上出門。」

「那你騎車小心，我等你。」

此刻顧不了外表的我就戴著近視眼鏡，匆匆和家人說今天要回套房住後便出門了。一路上我飆得極快，停好車也是半跑半快步地飛奔去堀江，直往強哥的店。

看見我的剎那，向陽立即上前抱住我，然後十指交握地牽緊，領我到櫃台裡邊。他擋在外側，如閘門似地把我圈起來。

傍晚通常顧客較多，所以無暇交談，當前的小店內已到了得互喊借過才得以勉強側身而行的程度。我坐在店內唯一的椅子上幫忙結帳和裝袋，享受和向陽合作無間的默契。

不一會兒，小魚姐前來交班。從她看我的表情即可得知她清楚我和向陽這兩天的事，於是趁向陽拿東西去給強哥親戚在樓上開的潮服店時，她馬上語重心長地提點，「無論如何都不要搞失蹤，向陽昨天真的很擔心你，怕你是不是發生了什麼事。」

不知怎地，我有種直覺，認為這話不僅是對著我說，也是小魚姐對自己的警語。記得她曾埋怨過搞不懂女友在想什麼，也不確定女友到底愛不愛她。「以後不會了。」把這話聽了進去，我滿腦子想的是該怎麼彌補向陽。

走出新堀江，我以為急著溝通的向陽會到較近的套房，怎料他堅持搭長車回到小港的家。我無妨，因為那裡的確更有回家的感覺。

路上沒有太多交談，但交纏的手始終牢牢牽著。返家後，沒什麼食欲的我們捨去接近宵夜時段的晚餐，決定直接洗澡。

未料，持兩條毛巾的向陽對著我微笑，說道：「一起洗吧。」

「……哦。」

共浴讓我渾身緊繃，從頭到尾都小幅度地搓洗，視線始終落在積水的地板及向陽的腳掌附近，但重頭戲是在聽到他要求幫我清潔後庭那刻。空氣似乎凝結，我無法確認皮膚表面浮出的薄汗是悶熱的水蒸氣所致，抑或是羞恥心逼出的。

不過我順著他，轉身把兩手撐在浴缸邊緣，壓低身桿，往後翹出了屁股。轉開蓮蓬頭的聲響像棉花搔身般，我頓時起了一身的疙瘩，繼之是掌心撥開半側臀肉和水流灌注的體感。我焦慮地晃著兩腿，催眠自己正在上枯燥的數學課，可惜鮮明的便意輕易地摧毀我的努力。「陽……我……想那個了……」請求大號的舉動讓我哭了出來，括約肌不太受控，導致向陽扶我到一旁的馬桶前，洞口已流淌出一些褐水，混在乾淨的水珠中。

儘管方寸浴室內已被雙份的沐浴乳及洗髮精的香氣填滿，排泄的穢物仍能在一瞬之間凌駕其上。我低頭注視擺在大腿上的兩手虛脫地握成拳，「……你先出去，好不好？」

「沒關係。」

向陽低沉的聲線聽來縹緲，跟著越來越稀薄的氧氣和張狂的熱氣共同抹糊我的意識，大腦變得昏昏沉沉的，耳朵卻實在地接收了馬桶中的磅礴。

赤裸不止於洗澡和清潔，心有餘悸的我回到向陽房間時仍發著愣，連頭髮何時被吹乾都不曉得。躺在床上，當我望見熾亮的日光燈和壓上的身軀時，意識總算回籠，「向陽，還沒關燈。」

「今天不關了，我想看著你。」向陽的口吻十分溫柔，近似低姿態的邀約。

「啊……哦……」雖然應了聲，但神經是全然的驚慌。光線讓我無所遁形，所有表情和醜態將被對方盡收眼底。我本能地去找棉被卻撲空，看來向陽是打定主意要在這個條件下做愛。

兩腿被抬到胸前，清完的地方用比方才更敞露的方式見人，我的呼吸已開始加快。

「你自己壓著腿——」向陽抓著我的手從外往內放到膝窩上，「像這樣往胸部壓，打開一點。」

「嗯……」感到皮膚發著顯著的高溫，我胡亂嘟噥，眼眶已然泛出淚。「陽……啊！」打算再次要求關燈的問句湮滅在忽地侵入的手指，我猛然一顫，反動地蜷縮，恰巧完美遵照了折身子的指示，那裡吞進整根指頭。

向陽的潤滑做得仔細，澈底放鬆我的腸道和肌肉。我細細呻吟，時而眨著淚眼回應那道注目，時而閉眼逃離過亮的環境。大腿內側被我抓出紅印，馬眼已泌出晶瑩的水液。

即使之前也曾在白晝做過，此刻感受到的赤裸卻是無可比擬的。我初次望清向陽在這個過程中的侵略神情，每個細微的肌肉變化、雙眉間的皺起、瞇眼後更加懾人的視線、呼出低喘的唇形……在在消融「我」的存在，世界只剩下面前的人，彷彿我是為了他而生。

向陽衝刺的動作毫不馬虎，每下都既深且重，似乎就是要我好好看著他上我的行為。

我們很快便各自宣洩，在明亮中互相盯著彼此情慾殘留的臉龐。

終於關了燈，牆壁上的夜光柔和地環伺在側。這晚同樣沒有衣服穿，怔忪情緒如昔地侵蝕著我，使我縮得像找回主人的小狗般，嗚嗚哽咽且緊抓住向陽的手及衣服，洞口緩流著他內射的液體。

「向陽？」我喊了他，想起我們還沒談及這次的事。

「嗯？」向陽隨意地撓著我的頭髮。

「對不起。」道完歉，我被摟得更緊，鼓膜內傳入向陽激烈的心跳聲。

「我真的很擔心找不到你。」

這話揪疼了心，始終敏弱的淚腺再度氾濫，眼淚盡數滲進向陽胸前的衣料。「我、我很愛你……」不確定喜歡和愛於我的區別，只覺得這一刻我想用這麼強烈的字眼表達對向陽的情意和在乎，並藉以抵銷試探的內疚。

「嗯，我也是。」

向陽的回應舒緩了一些裸睡的忐忑，儘管我還是做了惡夢。

隔日，早晨的太陽光透過窗簾縫隙流洩而入，跳躍的光影催促我醒來。我揉了揉眼睛，認出身在何處後朦朧地在腦中複習今日計畫。身旁的向陽似乎已醒，見我有了動靜後突然翻過我的身弄成趴狀。

「嗯？向陽……現在幾點了？」我轉過頭，只瞥到一抹迅速往床尾移動的身影，並很快察覺到有熱掌分別扣住我左右的側臀。猜到他打算用纏綿作為開啟一天的儀式，我不由得揚起笑。正想自行翻回正面時，腰桿遭制住了，同時屁股被稍微往後抬起。

「我喜歡對方用這個姿勢，像在求我。」

我怔住，大腦閃過許多男男歡愛的體位。目前的我雖不是那種高跪的狗趴式或四肢著地，但羞恥程度並不亞於這兩者。我的鼠蹊部僅些微騰空，性器前端可笑地蹭在床面，還得靠腰的巧勁維持往後微撅的屁股。不到一會兒，後腰部位即痠痛漫布，我直覺這姿勢傷腰。

不安地回過頭，向陽如掠食者般的銳利眼神消除我所有的牴觸，崇拜和臣服之情油然而生，促使我聽話地用手肘撐好體幹，把私密處呈現給他。

肛門及細縫、大腿內側有著一層支流狀的乳白乾漬，細節全都一覽無遺。「哈……」我謹慎吁著氣，被觀看的羞辱濃厚地包圍著我。片刻後，不堪支撐的大腿鬆懈，我忍不住趴回床，雙臀則反射性地夾緊遮羞。

「屁股翹好，讓我這樣操你。」向陽淡然地指示，再度把我的臀部拉高至原位。

「嗯唔……」眼中蒙上霧氣，我點頭，乖乖地送上承接的部位，盡量不去想此刻的自己看起來有多淫蕩。

這姿勢讓直腸對於侵入的感受越發鮮明，心靈上則有種教人無法自拔的快活。向陽全面掌控著我、占有著我。

他灼熱的碩大在我體內來回律動，手掌則使勁掐著我的臀肉，於其上拓出紅指印和類似瘀青的鈍痛。

這是第一次從後面來，受制感比G片裡頭演的更強烈，近似動物交合的野性，傳達了更原始且真切的被征服感和滿足。

「……不要離開我。」

心竅恍惚之間，耳畔傳來向陽的呢喃，這又讓我紅了眼眶，深刻明白這人有多麼渴望愛，同我一般。「我們永遠在一起，打勾勾。」我緊抓住他覆蓋在我手背上的指尖，在持續的撞擊中射出了歡愉。

⍟　⍟　⍟

晨炮後，我們進到日常。向陽載我到附近的早餐店吃東西，所有舉動皆洋溢著對我的體貼和疼愛。我如同只需張口吃飯的小娃兒，就連沾到嘴周的醬油膏都有他早一步幫我擦拭。

喝著豆漿，我望著店前的柏油路發呆，耳中是附近客人的閒聊。

「……那天我不是想到誰，難過是因為覺得自己沒有被愛的資格和價值，好像怎麼努力都改變不了什麼，或許讓我爸就那樣丟掉我還比較好……」

我忍不住把吸到一半的豆漿吐回杯中，瞠目回望。

「我真的不是因為還喜歡哪個誰，我現在只想跟你在一起。」他繼續說。

第一次，我碰觸到向陽脆弱的一面，拯救情懷倏地爆發，我往前抱住他，不顧早餐店的阿公阿婆客層是否會嚇到。「向陽，你有我，我會永遠陪在你身邊。」我急著承諾，急著保護這人、替他療傷。

向陽需要我，而我也非常需要他。

第23章　偉士牌的帥與誤

待在新堀江，常可見到許多帥氣的檔車或重機，無論男女騎士，看上去都十分率性耀眼。

指考放榜在即，那股對抗體制的心情再起，催促我繼續快步邁向向陽的世界，只有在那裡，我們才能真正自由和得到幸福。

我將焦點指向換車，和向陽討論起這件事。其實我不太懂車子，僅覺得光是念出那些檔車廠牌就能顯得特別些。

考量我手臂無力的狀況，向陽建議時下流行的老車——「金旺」或「偉士牌」，重新烤漆之後完全不輸給大牌的打檔車。

於是我著手上網找有在販賣檔車的車行，並再三拜託我媽答應讓我換車，以做為大考完的獎勵，明明我連預計得分都沒算。

「威速八……我們家沒人騎過這種車捏，會不會危險啊？」我媽沉著一張臉，不斷翻著我列印出來的資料。

「不會啦，騎久就習慣了，我真的想要嘛！」我一邊觀察我媽的臉色，一邊適時敲邊鼓，盡全力說服我媽。「妳看這台多好看！我今年都不買其他東西了，拜託啦，買給我啦！」指著紙上那些被師傅巧手翻新的偉士牌，每台皆獨具個性，我已經在想像和向陽騎著它奔馳於大街的畫面。

迎著風前行，不與大眾同流合汙，我幾近焦慮地想早點體現這個態度。

「好啦，一台多少？這家在……中華路過地下道那，我們這週末去——」

「不用，我朋友要陪我去看。」

「阿志膩？」我媽反問卻見我搖頭，不禁面露狐疑。

「別位同學啦，妳不認識，他也買了檔車！」直覺不該講出向陽的名字，我扯了謊敷衍。

我媽認識向陽，不過不是透過我。在向陽仍任職阿萬助理的時候，她就知道有這位學徒的存在。每當想到向陽曾幫我媽洗過頭，一股難言的鬱結便在胸口漫開。

清楚家人對高職生抱有的既定印象，所以我不敢透露和向陽結識及深交的事實。

幾天後，揣著我媽領出來的八萬多元，我和向陽來到了那間車行。其實我知道家裡是不太能負擔這麼高價位的車子，可惜叛逆的情緒壓過理智，讓我媽苦惱也成了拆解舊時代的手段之一。

檔車比想像中還難上手，車行小開教了我幾次都學不來。畢竟剎車在腳上，與習慣的小綿羊不同，讓手足不協調的我在店前練車時常驚險地暴衝，每每都嚇出一身冷汗，最終靠兩腳打住。發動引擎的訣竅也抓不好，不是熄火就是油門催不起來。

我挫敗到宣告放棄，車行的年輕小哥也認為把車賣給我是項危險行為，於是兩方打算好聚好散。無巧不巧，這時老闆娘正好回來。精打細算的歐巴桑哪肯讓到手的生意告吹，先是刻意地在我們面前叨念了自己兒子幾句，接著不管身穿的連身碎花洋裝，豪爽地大步一跨，叫我上車。「哇來尬（我來教）！」她說著，等我坐定後即噗噗地把我載去附近車流較少的地方，從部位名稱開始講解，一一教導騎乘的方法。

不得不說，老闆娘的教法的確簡明好懂，我竟然沒幾趟就學會了。最後學完複雜的加油步驟，當天我便和向陽一人一台地騎回堀江——我騎偉士牌，他騎我的小綿羊。騎檔車的夢想成真，路上我不自覺加快油門，雀躍地發現向陽始終並行在側。

然而，牽新車的喜悅沒持續太久，這台精挑的黑色偉士牌僅屬於我短短三日，以險些在大馬路車禍作結。

那一天，被我暱稱為小黑的車子突然在要道中華路的某一大型十字路口熄火，我隻身停在正中央，怎麼也催不動。左手邊有趕著右轉的大卡車，後方也有不斷閃過我的各式車輛；而象徵直行的綠燈號誌已開始閃爍，準備依序進入黃燈及紅燈。

急得快哭的我當場決定跳下用牽的，快跑到路口，剛才定格的車流恢復順暢，呼嘯而過的風聲猶如嘲諷，無情地灌進我耳中。

我又往前牽到小巷，澈底躲避喧囂，待心情平定後才打了電話。對象卻非向陽，而是我媽。這是某種更接近本能的依附反應，但驚魂未甫的我在這一刻還悟不出這個動作代表了什麼。

我媽聽見後立刻不准我再騎，即刻趕來現場吩咐去退車，由她出面替我和車行交涉。一如她性急的個性，一切以秋風掃落葉的態勢進行。

生意人不做虧本生意，才騎幾天的車子雖然等同全新，但車行老闆娘以過人之手便掉價為由，僅退了三萬元給我們。

那日退完車，我懸著一顆心跟著我媽返家，以為會挨罵或是更壞地挨打，不過我媽反而安慰我，並且對我沒有堅持繼續騎深感欣慰。她認為生命比錢來得重要，損失的財物能換來我的反省，她覺得很值得。

參與退車環節的只有我和我媽，向陽都是事後才聽我轉述。他非常擔心，也對鼓勵我買檔車一事感到愧疚。但我心中想的卻是如果由我和向陽去交涉，可能要不回半毛錢。

大人們的世界就是如此現實殘酷，十幾歲的聲音根本無足輕重。

這些念頭以無形的姿態存在心底，我在這時仍不明瞭，這段購買偉士牌的插曲竟將成為一個重要的轉捩點，正式把我的反抗推上檯面，並直接且深刻地影響了我和向陽之間的關係。

第24章　抽菸

向陽有一顆 ZIPPO 打火機，包中或口袋則常備一包菸。由於強哥和小魚姐都是老菸槍，店內並未禁菸，所以有時工作空檔，向陽就會點起一根菸吞雲吐霧，就算遇到客人光顧時得中斷，那返回重新叼抽的姿態簡直帥翻天。我常自告奮勇地幫他點菸，因為 ZIPPO 彈關蓋及打火石嚓的那聲清脆實在讓人上癮。

手圍著擋風，飽滿的火焰點燃面前那根惆悵，接之抽菸者像在寄託什麼似的深吸長吁。這一連串行雲流水的過程沒有丁點冷場，總看得我屏息。

對我來說，會抽菸等同轉大人，比喝酒的等級更高了些。而強哥店內的味道是自由的氣息，和KTV或電影院一樣具有獨特的辨識度。一進到店內，便像回歸真實的自我，盯著櫃台上那堆滿菸蒂的菸灰缸，我常目露欣羨。

知道我想嘗試，向陽曾經抽了一口後吻我，把含住的菸送到我嘴中，而後痞笑道：「習慣嗎？」

當時我沒回應，味蕾漫出的尼古丁味早讓向陽的舌環搶去風采。但當看見嘴中呼出非因低溫而生的二手白煙時，難以言喻的驕傲在心中拓開。這是成人的景致，解脫重重枷鎖的時刻。於是再也壓制不了的我跑去超商買菸，抓著口袋中的身分證，等著隨時被店員詢問年紀時掏出。

向陽得知後沒多說什麼，靜靜地在一旁看我嘗試。我模仿他和強哥，先把菸叼在嘴中，再單手點燃菸頭，飄撇地吸吐一口後把菸夾在食指和中指之間，準備正式來。不管三七二十一，鼻子嘴巴同時用力吸氣。

「唔……」盯著瞬間猛烈的火勢燒短菸頭，我沒有出現預期中的嗆到或舒暢等反應，頂多覺得胸腔和喉嚨被氣團弄得悶悶、卡卡的，那感受很不舒服。我皺著眉，一臉嫌棄，又試了一次，結果相同。不過吐菸時倒是玩得不亦樂乎，彷彿眨眼間蛻變成大人，周圍的空中盡是我的氣味、我的痕跡。

「應該沒真的抽進去，你這樣就好。」向陽往我臉上吐了一團真切的白霧，呵呵笑道，接著補了聲：「不要學會。」

我不懂香菸品牌，索性照著向陽抽的牌子買——綠色萬寶路。他偶爾也會買紅色的，但說那太嗆，我會受不了。

其實我哥早就開始偷抽，比我更快踏進大人的世界，甚至有個從日本買來的隨身用菸袋。他抽的是LUCKY STRIKE，我曾要了一根來試抽，卻發現我根本分不清這和萬寶路的差別，那些濃淡涼等差異擺到我嘴中全同個味，穿越喉嚨、鼻腔後即成了難嚐的氣團，急於排出。

雖然這樣的我頂多算在玩菸，還是想入手一顆ZIPPO，至少配件得到位。不過向陽卻阻止我替店內貢獻業績，不曉得從哪兒拿來一堆那種買檳榔或香菸時會送的繽紛長條打火機，連同各式火柴盒。「你用我的或這些點就好了啦。」

好吧，反正重點是菸。

我將這些香菸視作護身符，隨身攜帶著，也放了幾包在家中和套房的抽屜內。藏在房間的意義和耳洞一樣，有暗中和體制較勁的意味，嘲諷什麼都不知情的爸媽；收於套房中的則當作戰利品，慶祝我每一個為了自己的轉變。

菸味逐漸滲進承租的套房，於床鋪、於沙發，這空間慢慢有了強哥店內的氛圍，待在那，讓我感到自在。

第25章　革命初始

為人母對於孩子的直覺是準的。自從那次我嚷著要買偉士牌時，我媽就覺得不對勁，在退車事件後更是讓她有了某種確信，雖然沒明著指責，卻不再萬事順著我。

在我某次又接連幾日沒回家後，她突然打來，說現在人在套房那棟大樓附近的公園，叫我下去見她。正和向陽在堀江的我著實嚇到，「哦……我……」

背景音樂和空間的寬廣回音已然宣示我人在外面，不過我媽不為所動，「哩佇佗（你在哪？）」情急之下的思路編不出謊言，我愣愣地回道：「在新堀江。」

「什麼時候可以回來？我在這等你。」

不曉得是哪個環節讓我媽堅持成這樣，此刻我猜想就算我說要看電影，她也會在原地等我兩個鐘頭。「……現在過去。」掛斷電話，我開始忐忑，望著前方在陳列商品的向陽，不安地告知：「向陽，我媽叫我回家，今天可能不能一起睡了。」

見我面色緊張，向陽跟著擔心，以為是我家裡出了什麼事。「怎麼了嗎？那你回家小心，我們明天見，看怎樣你再跟我說。」

實在不知道我媽臨時約我見面是什麼意思，所以聽完向陽的話我只能點頭，接著收拾起東西。

「好，那我晚上再打給你。」拎著沒喝完的飲料，我匆匆離開新堀江。

沿著愛河騎車，當轉進套房所在的街道時，我遠遠就看見公園中的熟悉人影——我媽正坐在那種可面對而坐的廂形鞦韆中。見我來，她只是點點頭。

把車子停在路邊，此時綠蔭營造出來的陰影含有濃濃的詭譎味，一點都沒有夏日午後的清爽感，而兒子和母親共乘鞦韆的構圖更是毛得讓人不寒而慄。

「你最近都在忙什麼？」

我媽的問題一針見血，刺進紅心。

「沒有啊……就……和朋友出去。」心虛讓我回答得飛快，反倒顯得不自然。

「這是什麼？」

不待我反應，已有一隻手撥開我耳鬢附近的頭髮，我倒抽一口氣，不敢直視咄咄逼人的她。另一端耳朵也馬上得到同樣對待，八個戴著耳環的洞就這樣初次曝光在我媽面前。

「是誰陪你去買車的？」

我猜我媽心中有個底了，有團未知的黑影圍繞在兒子身邊。

「……向陽。」我媽的視線像道集中的光束，能在目標物上燒出個洞，惶恐的腦子想不出半句謊言，只好據實以報。

起初我媽目露困惑，畢竟向陽離開阿萬美容院有一陣子了。但這名稱少人有，她旋即想起，記憶除了自身觀察到的表象之外，還包括所有阿萬曾告知的事項——向陽念哪間學校及目前中輟的狀況，或許還有我不知道的其他隱私。

「這樣我不准！」她大發雷霆的咆哮震響社區公園原有的清幽，我嚇得往後縮，頭垂得更低，根本不敢去看周圍是否有人在圍觀。

「現在跟我回家！」她接著吼。

我媽看上去就像要打人，慌了手腳的我只好跟著騎回去。因為高中之前，我媽的確曾在路邊直接教訓小孩過。

回到家中客廳，包圍我的仍是那股審問氣氛，而連綿不絕的數落終於衝破我忍耐的極限，積壓的怨懟化作龐然怒意。「我和向陽在一起，我喜歡男生！之前的副社也是，妳管不了！」我吼道，從未想過會在此時此刻——或者說這輩子——對家人出櫃，還一次兩段。

我吼的對象是我媽、是傳統偏見、是有套古板評價機制的社會。

儘管我不願意性向成為撕掉舊標籤的手段，可是當前我僅能用出櫃來對抗外界一直以來付諸在我身上的期望。

我媽的表情是我沒見過的，其上交雜著錯愕、難過、生氣，又有種深藏的祕密被迫揭穿般的難堪，讓我驀地起了她其實知情只是視而不見的錯覺。

她語塞，卻仍想著在氣勢上壓過兒子，好半天才重提己見，「我不管！反正我不准你和向陽作伙（一起）！」

眼見無法溝通，我氣得衝回房間，磅地大力甩門鎖上。不懂我媽反對的是對方的性別還是針對那個人，或者兩種都有。我知道在她的觀念中，高中生和高職生是不同水平的人，一高一低，而水往低處流，這會變成自甘墮落，所以不該玩在一塊，遑論交往。

我打給向陽，然而電話鈴響被門外的吼叫和敲打聲中斷，震得我耳膜和神經都不安寧。

「你給恁祖嬤開門！」

聽到我媽飆出我和我哥最怕聽見的稱謂，我雖氣憤也不敢僵持太久，家裡還有那根拿來抽打的藤條，說不定此刻她正拿在手中。

不管電話彼端是否接通，我匆匆掛斷後走去開門。我媽氣焰逼人地推開我往內衝，翻箱倒櫃地搜起我的房間，同時嚷嚷：「攏細伊帶歹哩（都是他帶壞你）！啊擱有啥（還有什麼）？」

而把一切推向更壞局面的是抽屜中的那幾包菸。

「哩呷昏？伊嘎哩尬欸？（你抽菸？他教你的？）」我媽一把抓住那些菸掐緊，然後大力甩到我臉上。

「跟向陽沒有關係！是我自己要抽的！」我的台語不好，無法用同等的氣魄對吼。反正這時不管我怎麼抗辯，我媽已經認定他的好兒子是被人帶壞的。

「哩嘎恁祖嬤跪欸（你給我跪下）！那欸變加歹（怎麼變這麼壞）？」

怒目瞪著我媽半晌，最終才不甘願地咚地跪在磁磚地板上，我氣得全身都在發抖。

「耳環給我拆掉！」我媽逼近，在我面前投下駭人的陰影。

「不要！」我兩手壓著耳朵，厭惡遭控管的人生。「我喜歡向陽，我就是要和他在一起，妳不要管我，煩死了！我喜歡誰關妳什麼事？」吼完的當下，我只能聽見自己快得不像話的心跳。

我媽的沉默比她的怒罵還令人驚懼，我能捕捉到她急促的呼吸聲，那跟我的心跳不相上下。而後她撿起地上散落的香菸，繞過我，不發一語地回到客廳。

未幾，窸窣的說話聲飄了進來，她正在講電話，但我不曉得是在和誰。

氣過頭的我自行解除罰跪，並再度刻意發出聲響地關門及鎖門，打給了向陽。心中盈滿鼓譟的情緒，我清楚已經無法維持溫吞的抵抗了。

第26章　激烈

外頭天色由明轉暗，一如我心中的景象。縱使渾身乏力，我手中始終緊握著手機，等待向陽抽空傳來的簡訊及下班後的來電。他極力在有限的字數內安慰我，要我不要擔心並叮嚀我記得吃飯，說他會想辦法。

每則簡訊皆逼出我的眼淚，實在等不及飛撲到向陽身邊，待在他替我撐起的一片天下。我盯著天花板發呆，什麼都感覺不到。

「你出來。」

我媽陰沉的嗓音像是把夜色具體化，聽得令人胸口都鬱悶起來。我並不想出去和她交談，可是為了決定下一步，還是得去面對。

出到客廳，我才發現我爸回來了。從我媽不避諱地提到向陽來看，我猜我爸知曉了這些事，不過他淡定得如同這些是樓下住戶的家務事，雖不到興致缺缺，但臉部表情平靜無波，一如他以往的旁觀態度。或許是工作壓力使然，讓他不想蹚這渾水。

也對，如果他這時突然端出父親的立場指責或干涉，我大概只會嗤之以鼻。我站著看他們，感知彼我之間有道永不可跨越的透明高牆，且逐步向這方逼近，打算澈底壓榨我的空間。

「我先不管你喜歡男生還女生，但你不准再說謊和學壞。」我媽挑明結論，告知她當前的讓步。不確定是否該對這句話感到開心，但我難掩震驚，僅瞠目以對，再愣愣地點頭答應。

「向陽有沒有去那邊住過？」

聽見我媽拋出新的對話，我回過神，腦中瞬間閃過和向陽在套房內的種種片段。「……有。」還是不習慣聽我媽喊向陽的名字，儘管發音正確，為什麼聽起來總帶著刺？

「以後不行，那是我租來讓你念書的，嘸細厚恁佇遐玩嘿五四三欸（不是讓你們在裡面亂來）。」聲調越到後面越激動，我媽望了一下我爸，像是在確認同一陣線的戰友還在不在場。

我媽認知中的「五四三」是什麼不重要，我只知道這是我媽的底線，這時最好順著她。「……喔，好啦。」做為消極的反抗，我故意答得冷淡，但其實整場對話都令我詫異。我媽不僅沒有要收回套房，甚至沒對我的性向做任何批判！

再三要我保證一些瑣碎事項，我媽才終於放人。

出櫃竟然這麼順利，欣喜的我回到房後，趕緊把這個勉強稱得上是好消息的結果報告給向陽知道，同時決定這幾天先待在家，以陪伴家人的實際行動作為對這項成全的感謝。向陽同樣認為是好主意，於是我們約定一個禮拜後再見——當然不打算遵守不准共住的規則。

其後，我媽的態度如昔，照樣買或煮我喜歡吃的東西，餐餐豐盛，彷彿時間軸有了斷層，從沒有過兒子疏離的期間。雖然這互動多少讓我心中留有疙瘩，但沒爭執或欺壓就好。

日子如此來到和向陽見面那天，我一早就起來費心打扮，換上隱形眼鏡，穿上向陽曾經幫我配的多層次穿搭，一身輕盈地準備出門，並再次提醒我媽，「我今天不回來哦！」

「向陽袂當住，敢嘸（向陽不能住，知道嗎）？」

我媽正面無表情地轉著電視遙控器，視線雖停在螢幕上，但我覺得她的餘光正在暗自打量要出門的兒子。

「好啦！」我應聲，抓過車鑰匙便出門。

⍟　⍟　⍟

七日沒踏進新堀江商圈，我感覺這裡的氣息比以往都顯得自由奔放，或許出自背負的枷鎖少了些的緣故。

「向陽！」一抵達強哥店門口，我就興奮地大喊，不顧向陽正在招呼客人。

我的聲音跟著背景音樂迴盪，不僅向陽，連在挑選飾品的女性三人組也一併回頭看向我。

身為當事者的向陽沒有出聲，只是用手比著櫃台叫我先去那等著，隨即繼續幫客人介紹。

彰顯我是這裡一員的指示讓我起了幼稚的優越心理，對於面透冒犯神色的女性顧客一點罪惡感也無，逕自興沖沖地從她們身旁走過。也正因為這份亢奮，我並未將向陽有些生硬的笑容放在心上。

送走這組客人，我盯著在帳本上做筆記的向陽，他身上的香水味惹得我心燥，於是忍不住伸手去勾他的衣襬，「晚上我們去六合夜市吃好不好？吃完去兜風，然後回家，明天——」

「嗯，啊你現在會不會餓？還是要喝什麼？」向陽邊問邊從後面褲兜掏出皮夾。

「我要喝珍奶，你呢？我去買。」

「我不用，來之前買的還沒喝完。」向陽比了一杯看似綠茶的飲料杯，順手從皮夾抽出一張百元鈔給我。

把錢擋了回去，「我媽有給我錢。」換我從背包中拿出零錢包，在他面前搖晃。「晚上的夜市我來出！」驕傲地宣示完，我從向陽讓出的空間出去，「那你等我一下。」

向陽點了點頭便將心力擺回店內工作。

以為是今天較忙碌的我不疑有他，一蹦一跳地跑去外面攤販買飲料。接下來的顧店時光跟之前無異，照樣有趣好玩，一眨眼就來到傍晚小魚姐來交班的時間。

「陽，你幫我去小杰哥那邊拿這些，強哥說要放在我們店裡賣的。」小魚姐把隨身物品擺到櫃台後方沒多久，便一邊撥著長髮，一邊遞了張紙條給向陽。

當向陽的身影消失在視線中，小魚姐的下句話即讓我明白這是有意為之的支開。「你知道你媽前幾天到這裡堵向陽嗎？」她一臉凝重，直直地盯著我瞧，那是混有責難及同情的眼神。

「什麼？我媽？」張開的嘴闔不上，我的腦中短暫空白後開始回想我媽這幾天的行程，卻怎麼也找不出可疑之處，除了住台中的二阿姨臨時南下，說是來看阿嬤。

「聽說在路上抓到人就問，最後是客人傳過來，向陽才出去看到底發生什麼事。」

我的心口已經揪成一團，如同有人掐住我的心臟。接下來小魚姐轉述的內容像厚重烏雲，遮去所有光線並招來陰冷空氣。

據說事情鬧得不小，有兩位婦人在五福路與中山路的交會路口，劈頭就朝趕去的向陽大吼大罵和拉扯，活像電視劇的八點檔情節。

而那天是週六下午，是新堀江人潮最多的時刻。結果還是由完全不認識的陌生路人上前當和事佬勸說，才勉強結束混亂的場面。

如果兩位婦人的其中之一是二阿姨，我能想像那畫面有多可怕。身為我媽二姊的二阿姨無論是長相和聲音都偏苛薄型，上吊眼、尖下巴，聲線尖細，配上總是話中有話的講話方式，使得我們這一輩小孩從小就怕她，我更是會本能地與她保持距離。

末梢流失體溫，我感到四肢發麻，太陽穴在抽痛，而小魚姐給了令人痛心的結尾——回到店裡的向陽……眼眶是紅的。這是那日暫時幫忙顧店的其他家工讀生在事後偷偷告訴小魚姐的。

這些……向陽都沒跟我講。

聽完的我倒抽一口氣，忽地憎恨起這幾天無憂無慮的自己，還有故作若無其事的大人們。那晚我媽的妥協，原來是為了進行這卑劣手段的煙霧彈。我頓覺反胃，一、兩秒後真的乾嘔起來。

「嗯……你們家的事跟向陽沒有關係，你要做什麼我也管不著，可是不要害到向陽。」

「我知道，對不起。」連握拳的力氣都沒有，聽著小魚姐嚴厲的指責，我覺得無地自容，竟讓向陽獨自承受這一切。

「再有下一次的話，強哥說不讓你來了。」

看來小魚姐是負責當黑臉的。我能理解他們的決定，便二度點頭示意。

嘆了口氣，小魚姐最後補充道：「向陽叫我們不要跟你說，你自己看著辦。」

「嗯。」

沒多久向陽返回，有著下班該有的輕鬆神情。整理完東西，他牽著我的手離去。「現在車子多，我騎吧？」他望著五福路上喧囂的車流，用手肘戳了我的側腹一下。「今天你想吃什麼？」

向陽的體貼聽得我快要泛淚，我用力吸了下鼻子逼回迷濛眼中的水氣，「……我們去吃鐵板燒，然後買木瓜牛奶回家喝。」

「你又要點雞排，對不對？」

✪ ✪ ✪

夜市逛得愉快，向陽縱容我在正餐後買了一堆零嘴邊走邊吃，不過回到套房後，他突然變得寡言，也阻止我開燈。

我有些不知所措，但注意力卻被飄於房中的濃烈菸味奪去，於是趁向陽去上廁所時，我溜進臥室查看是哪裡傳出的味道，而原因在我打開檯燈那刻揭曉。

垃圾桶內有一個滿是菸屁股的紙杯，殘留其中的水全是黑麻麻的灰燼。

有時找不到菸灰缸，向陽會這麼做。

紙杯下方是被捏扁的菸盒，我反射性地馬上打開抽屜。果不其然，放在裡面的菸不見了。向陽把我收在抽屜中的紅色萬寶路全抽光——一包全新的和剩沒幾根的那包。

身後傳來腳步聲，向陽跟著進房，「那天你不在時我很想抽，不小心抽光了……」他拍了下我的背後坐在床沿，「你以後不要買了，啤酒也是，對身體不好。」

叮嚀的嗓音飄渺，我的心頭又悶了起來，向陽從不會一次抽這麼多根。「……好。」我走過去跨坐在他身上，身子不自覺搖著，不然快要哭了。他沒明講那天是哪天，但我知道就是小魚姐口中的日子。

或許猜到真相，安撫我的他神色依舊略顯黯淡，只是摸著我的耳朵，細細地碰觸每個耳環，力道相當輕柔。接著他兩手捧住我的臉龐，先親了我的額頭再慢慢往下，最終接了吻。

舌環帶來了苦澀的體感，我開始哽咽，伸手緊緊抱住孤伶的向陽，慎重地說了承諾：「我會永遠跟你在一起。」

強勁的舌尖呼應了我，激出我來不及掩飾的眼淚。我痛恨我媽、痛恨大人的虛偽，到底要限制我到什麼地步？

第27章　決裂

「向陽，你等我。」

隔天，我騎了很遠的路送向陽回到小港，待在他家幾個鐘頭後準備離去。雖然我已戴好安全帽，也發動了引擎，卻撐在原地沒發車。或許他意識到什麼，只是俯上前緊抱住我，遲遲捨不得放開。

「我會等你。」

向陽的話在我騎回家的路上始終殘留在腦中，一點一滴助長我的勇氣。沒有耽擱，我直奔回家，一打開門，望見我媽陰鬱的臉龐時，心中從小藏汙至今的黑洞爆炸了。我把安全帽用力甩在我倆之間的地板，直呼我媽的名字大喊：「妳以為妳是誰？憑什麼管我們？向陽比妳好太多了！」接著補了一連串的國罵和極為粗俗難聽的言詞，用台語。

再也壓抑不了，縱使我能感到內心有股顫抖的力量在阻止我，仍不敵突破極限值的爆發。不顧愣住的我媽，我衝回房間摔東西，破壞一切不屬於我的影子，甚至拿起油性筆在牆壁上寫下我媽的名字及「去死」等字樣，密密麻麻地，包括系統書櫃的木頭門扉。最後拿起剪刀把所有家庭合照剪碎剪爛。

我只想著，欺負向陽和不認同我們的人都消失吧……

樓下住戶大概準備報警了。

不過事態比警察來訪還棘手。我並不知道二阿姨這天也剛好下來確認事情的進展，大概是我媽回過神後慌了手腳，才call她過來吧。

怒氣持續發洩，突然房門被砰地撞開，二阿姨和躲在她後面的我媽、其他阿姨擠在門口，那畫面其實很可笑。想驅散那群中年娘子軍，我隨手抓起床頭的鬧鐘，像發射躲避球那樣狠狠朝她們砸了過去，「喜歡男的關你們什麼事？我就不想幹女人不行嗎？」而後繼續叫罵著我僅知的三字經並要眾人滾開。

如同領頭羊的二阿姨閃過後跨步上前，先抓住我的手，然後迅速地甩了我一巴掌。

「夭壽死囝仔，你媽不敢打你，我來打！」她講完又摑了另一側。

這無疑往我的怒火上添油。我媽的管教從不包括呼巴掌這過度羞辱的體罰，這位外人有什麼資格打我？

激發的腎上腺素讓我用蠻力推開人，可是外頭那些看戲的人竟一擁而上，一人一邊地壓制我，把我按跪在地上。

「肖嘎有村（瘋成這樣）！哩幾勒變態（你這個變態）！」二阿姨念完又想上前再打，是我媽攔住她。這時我才看見我媽已經在哭了。

我和二阿姨像電視常見的那種被人拉住的打架人士，儘管身體遭牽制，眼神及嘴巴仍在互相較勁。

「你有病！垃傀死啊（髒死了）！你知不知道瘋子都要被送去精神病院——」二阿姨頓了下，指著另一位親戚，「小阿姨的車就在樓下，我現在就把你送去關起來治療。那欸去尬意查埔，hiau hing 尬（怎麼會喜歡男生，真不幸）。」

「關妳屁事！妳們都去死！」

「哩麥擱共啊（你不要再講了），我拜託你……」我媽的哭聲終於初步讓我的理智回籠，減少回嘴的次數到保持沉默，不過仍冷眼地瞪向外界。

我全身都在發抖，因為我其實很怕他們真的把我送去精神病院，擔心性向被治療、擔心醫生拿各種藥物或催眠的言論修正我的腦子，那我還能喜歡向陽嗎？

寡不敵眾，鬧劇結束於我的敗陣，我呆坐在房間的地板上，眼觀亂糟糟的環境，兩手無力到握不住東西也撐不起身。

大人們拿走我的手機，移步到客廳去商討對策，我爸依舊神奇地在一旁注視，並未插手。

⍟　⍟　⍟

我喜歡同性，這和穿耳洞、染髮、喝酒等不同，不是為了出頭或標新立異，性向屬於我的本質。但當它揭露於叛逆期，大人們僅將之視為小孩在這時期走岔的歧途。

於是他們用著冠冕堂皇的理由去解釋事實，以便迎合自身的價值觀——因為就讀男校，受到大環境影響，加上結識壞朋友，一時興起罷了。上大學就會好、就會恢復正常。

眾人如是說。

正常？一時興起會讓我自小就對女生無感，只對男生動心嗎？

大人們很矛盾，沒有注意到他們也正在用他們的邏輯洗腦我。

「你再跟那些壞囝仔作伙，小心一輩子撿角。」

「你只是太少跟女生接觸，以後會變回來的。」

接下來他們開始竊竊私語：

「是不是小時候被女生衝低（欺負）過？搞不好是什麼心靈創傷，我看卡保險欸還是帶去給精神科治一下……」

曾經我因為撐不住課業壓力向我媽求助，總是失眠和飲食失調的我想去看醫生，但她拒絕了，認為只須念書的學生不可能出現心理疾病。或者說，她認為我們家不可能出現需要吃藥物的神經病。我媽說我就是想太多，於是我只能轉往自殘發洩。

但現在，無視我的意願，僅因為性向，竟然就要帶我去看醫生？

聽不下這些言論，我躲進音樂中，在黑夜中反覆聽著向陽喜歡的歌和我們的定情曲。

這裡讓人窒息，我好想去有向陽的地方、那個自由不受拘束的世界。這一晚，我又拿起以前折成兩半的ＣＤ片往手上拚命劃。

第28章　拆散

雖然沒了手機，不過我早背牢向陽的手機及他住家的電話號碼，於是趁著夜深人靜，用房內拿來撥接上網的室話子機打給向陽，說明了現況。

我們兩人都很平靜，似乎認為這是預料中的局勢，但沉默更多是出自力不從心的惆悵。

「……你明天上班？」努力把話題帶回日常，我開啟新的對話，「不可以跟女生講話，她們問你電話也不能說哦！啊、男生也不行！」

「沒有人會問啦！」向陽噗哧地笑出聲。

「嘖嘖，你們受歡迎的人都這樣說，我看得很清楚咧！」我吐槽，陰暗室內因我們的笑聲而豁然了點。

聊得瑣碎，卻沒人想掛電話，甚至已開始研究向陽接下來一整個禮拜要買什麼樣的飲料和中餐，以及有無遺漏哪張折價券。

「……啊，暫時吃不到三商巧福了。」

「下次我帶你去吃。」

聊了近兩個鐘頭仍捨不得結束，向陽便任我隨時講到睡著，說他洗完澡再回來掛斷，要我不要擔心。所以撐不住眼皮的我就在朦朧和迷人的低音中慢慢墜入夢鄉，頭枕在聽筒上入眠。

「晚安……嘟嘟嘟——」

⍟　⍟　⍟

大人們仗恃著擁有的資源，用暴風般的速度解決他們遇到的難題。

旭日東昇，睡沒多久的我被敲門聲吵醒，恍惚地開門後看見我媽穿戴整齊，貌似要外出，「……幹嘛？」

「去換衣服，尬緊欸（快一點）。」經過一晚的沉澱，加上得到阿姨們的支持，我媽站穩腳步也鐵了心，她的臉上已看不見前日露出的悲傷與軟弱之色。

「蛤？要做什麼？」馬上浮現要被送去關在精神病院的恐懼，我緊張地追問，覺得周圍的空氣平穩得讓人心慌，「我不要！」

「麥惹恁杯（不要惹你老子），我綁也給你綁去！」

我媽生氣時的自稱百百種，每種皆能成功讓我和我哥閉嘴，這個也是，導致我只能忐忑地依照指示，隨便換了套外出服，連洗臉都沒心情。

「車到了，我們下去。」

這時我驚見我媽提著一袋澎澎的行李，看來不是當日來回的量。她跟我爸說了幾句後就把我拽出門。我急得忘了抵抗，反射性地望向我爸，對到眼的他只是淡淡地說：「聽你媽的話。」接著前來幫我們關門。

出到一樓中庭，外面有輛計程車在等候。我的步伐無法停滯，有股強硬的力道不斷拉著我前行，直至進入後車座位。手腕始終被緊緊抓住。

「麻煩到高雄火車站。」

聽見我媽向運將報目的地時，我難掩詫異。行李加上火車站——要離開高雄的舉動已很明顯。前方的大哥正在按跳表機，我不斷施力試圖甩開我媽，另一手已握在車把上，準備隨時逃跑。不過我媽的力氣不輸我，像是傾注所有力氣在壓制。手被握疼了，隱於薄外套之下的是前晚割出的傷痕。

「麥肖面（別亂來）。」我媽低沉地警告，把車內的空氣榨乾，我看見運將本想抬槓的嘴闔了起來，識相地轉到了播音樂的台語電台，旋即切著方向盤駛進大街。

車子奔馳在尚未活絡的中華路，知道啟程站卻不曉得終點是什麼，但外頭連成線的景色虛幻到我覺得此刻一切都是在做夢，竟也不再在乎。

我媽和運將有一搭沒一搭地聊天，大概半小時後抵達火車站。付完包含小費的車錢，我媽就拉著我下車並前往窗口購票，這時我才知道了目的地——台北。

對於臨時去台北一點頭緒也沒有，而生著悶氣的我不願開口詢問，就那樣焦慮地坐在月台等車，眼神飄忽，總在尋找空隙，同時思考著該怎麼聯絡向陽。可惜火車無情地靠站，我還是被迫坐上這象徵遠離和分開的牢籠。

我媽照樣一路上抓著坐靠窗位子的我，一刻不鬆懈。途中她遞來事先買好的早餐，但我沒有接過，連水也不喝，僅是專注地凝視窗外。

窗框隔出了時而繁華、時而偏僻的陌生景致，北上的火車喀噠喀噠地瓦解我對這世界殘存的信任。良久，進入最後衝刺的隧道，黑壓壓的背景把我愁苦的面容清晰地映在了窗戶上。

出了站，我總算知道此趟遠行的落腳處。住台北的大阿姨正在台北車站大廳等著我們。我媽一看見她，整個人如同漏風的氣球，緊繃的狀態舒緩許多，對比出我如刺蝟的防衛態勢。

阿姨家的轎車銜接火車，押解我前往未知的監牢。

只在電視上看過台北城，呆望車窗外的我發現，入目的風景逐漸脫離印象中的城市樣貌。穿過擁擠和車流多且快得不可思議的大馬路，我們來到了一處像是郊區的地方。那裡山明水秀且坐落無數棟透天厝，每棟的棟距極大，整體環境非常清幽。

原來是大阿姨位在台北市郊的豪宅，不過我沒想過會以這種理由來拜訪親戚中講話分量最大的阿姨家。接下來，即便目睹不同於一般住宅的氣派格局及比我房間還大的傭人房、迷你酒吧、宴會廳，我竟起不了任何驚呼。

他們為我安排了一間位在地下室的客房，無窗，離一樓大門很遠，相對豪宅中的其他房間來說顯得逼仄，一張大床即占據所有空間，陳列其中的事物全為白色。雖有一塵不染的整潔感卻令人窒息，充滿不容許丁點髒亂的瘋狂味兒。

僅待了不到半個鐘頭，我就渾身不舒服。

無事能打發的我光盯著白色衣櫃發呆，隔音效果良好的房門阻絕了外界的聲響，腦中只有近似耳鳴的嗡嗡騷動。

這拆散的處置很傳統，他們認為見不了面就行，殊不知反倒助長了我偏向向陽的決心。

來不及歇口氣，久未見的長輩和表哥姊輪番進來慰問。

長輩說著老生常談的「進墨者黑」言論，稱只是環境影響到我喜歡的對象性別；大我幾歲的表哥姊因留過學，思想較為開放，因此他們不太談性向，改著重於親情倫理，卻又若有似無地闡述「正常家庭」的美好。

過程中我維持抽離的狀態，盯著面前一個接一個的勸說，心想搞不好精神病院在初期也是用如此懷柔手法在醫治。

所謂的叛逆或性向，是因為我生病了嗎？前者還情有可原，但後者呢？

其後將近一個禮拜的期間，我依然只聽不說，放任周圍的大人們乾跳腳。我成天躺在那個沒太多擺設的房間，感覺身心智下降不少。有時門不讓關，我能聽到菲傭在空檔時用英文在講電話的聲音，無聊的我索性把這當成英聽的練習。

眼見強奪自由的成效不彰且我實在過於萎靡，加之我媽的工作無法再繼續請假下去，她最終放棄，失望地帶我返家。然而，正當我雀躍於能回歸有向陽在的城市之際，怎料前方還有更玄妙的手法在等著治療我。

兒子突如其來的異常對我媽來說，或許來自某種非科學能解釋和處理的現象。

⍟　⍟　⍟

回到高雄沒多久的某天晚上，我突然被我媽和小阿姨帶出門。這時的我已放棄掙扎，照樣盯著車窗外發呆。跟之前在台北的路程相同，一路上從繁華到偏僻，霓虹漸少，取而代之的是間距極大的路燈及其營造出的寂寥感。

我們抵達一處舊社區，道路兩旁皆為外觀同款的三層透天厝，車子停在其中一棟的正門前。我探頭打量那掩下車庫鐵門的住宅，實在找不出任何特別之處。

隨著大人們下車進門，撲鼻而來的味道立刻帶來一些線索——燒香拜拜的那股特殊香氣。此時一名中年男性從內廳出來，親切地上前招呼，他的手上戴有多條佛珠手鍊。

「師兄好，老師勒等恁啊（老師在等你們了）。」他對著我媽和小阿姨說道。

我開始不安，腳步不自覺後退，卻被我媽和那名男性半強迫地帶往二樓。

「免驚！老師欸幫哩看（老師會幫你看）。」察覺到阻力，那名我媽她們亦稱之「師兄」的人這樣安慰我。

沉著一張臉，我的呼吸變得急促，一點也不願乖乖行走，進門時換上的拖鞋早落在半路，襪子正徒勞地在磁磚地板上努力製造摩擦，平凡的上樓過程變得如同要被送往戰場般悲壯。

可惜周圍的大人都與我為敵。

貌似辦事地點的二樓有個神明廳及一套辦公桌椅，乍看頗像醫院診間。等候在內的是一名中年微胖的短髮婦人，一瞥見我便開始喃喃自語，手指晃著不規律的節奏，煞有其事地打起嗝。

雖然尊敬鬼神，但我本能地不喜歡眼前的人，龐然怒氣油然而生，「我不要過去！她是誰？」又是哪個陌生人要來干預我的人生？

男人說了一個家喻戶曉的神明稱號，我聽完嗤之以鼻，根本不予採信。由於身體受制人下，我只能用瞪視來表達我的不滿。

「伊厚嘻類查埔佪那放符啊（他被那男生家下符了）。」那位婦人似乎已起乩，她的目光炯炬，的確釋出難以抵抗的威嚴。

我生平初次失禮地當眾笑出聲，但腦中竟莫名浮現向陽家樓下的那座宮廟。儘管有不可解的神奇之處，可栽贓向陽和向陽家人的言論更讓我氣憤，他們哪來我的生辰八字或動機做這些？笑聲停不了，我發狂似地抱腹大笑，這一切……到底是什麼？喜歡向陽的我和做出這些事的大人，哪一邊比較荒唐？

不理會我的忽視，對方繼續向一旁面露擔憂的大人們說明。然而，內容逐漸離題，落駕的神明說我今年夏天有車關，屬於致命的那種，光走在路上也難避險，隨時可能被車子撞，最好足不出戶。

精神本就耗弱不少的我媽聽到時簡直要崩潰，她急著懇求神明破解。而當事者的我再次噴笑，理智跟著斷裂，發洩似地用腳踢飛一旁的竹椅，大吼道：「妳騙人！」

不過這暴力行為反倒成了我果真被下符的實證，大家愈加深信該位乩身的話。

「伊本來不細按內欸（他本來不是這樣的）……」我媽開始朝乩童哭訴。

數不清這陣子被按跪幾次，男性師兄壓著我在婦人面前的地上進行懺悔。此刻求生欲激起潛在的體能，我使勁力氣掙脫一名成年男子的箝制，轉身飛快衝下樓，連鞋子也沒穿地開門而出，奔跑在根本不知是哪的街道。

照不亮路面的路燈指引不了我，縱使兩側人家的一樓客廳隔著紗門飄出了點亮光，整條大街依舊淒涼得嚇人，除了我的心跳聲之外別無他響。

我想就這樣跑回向陽身邊，但我不曉得路，且追出來的男女再度把我抓回去，這次直接鎖回車上，等著我媽向神明請示符令和護身符。

已經分不清大人們想要矯正的是什麼，他們成功弄瘋我的腦袋。

當晚，喝下滿是灰燼的符水，疲憊的我早早入眠，沒能和向陽講電話。淺眠狀態讓我在夜深恍惚中，瞄到我媽潛進來在房間每一隅喃喃咒語的詭景。

不確定是不是出於問神後的安心，接下來幾天我能感到我媽的態度有些軟化，於是我便抓緊時機向她開口，「我想見向陽，一下子就好。」

我媽起初不肯，但在我接連的保證之下，總算說服她答應我去找向陽幾個鐘頭——附帶了諸多條件。她把手機還給我，嚴正叮嚀：「不准關機，啊記得不准偷騎車。」她恪守老師提的車關大劫，「不能去其他地方，不然就沒有下次。」

儘管種種的外出限制讓我產生時代倒退的錯覺，但得以見面的事實已占據我的腦子，每天都興奮地在倒數時間。

來到見面那日，破曉的曙光颯地驅散陰冷世界，我仔細梳洗一番並費心打扮，還戴上久違的隱形眼鏡。欣喜讓我整天茶不思飯不想地，如此捱到了指定時刻的傍晚。

我媽騎車載我到城市光廊，由於她要求向陽得出現在會面點，所以我們便在原地等候向陽的現身。毛躁的我坐不住也站不定，頻頻看手機確認時間並翹首遠眺路口。終於，我在對街看見剛下班的向陽小跑步地朝這裡接近，綻開的笑靨掛在我臉上。回神時，我已跑到前方去迎接。

新堀江依然擁擠，但無論是閃爍的霓虹燈或是熙熙攘攘的人潮，都掩蓋不了向陽一貫的迷人風采。

當我們來到能觸及彼此的距離，我不顧我媽在場，逕自牽起他的手，又揉又蹭。心中明明有許多話亟欲對這人傾訴，卻只輕輕講了一句：「我好想你。」

「嗯，先去找你媽。」向陽用十指交握傳達他的思念。

四目平靜地對視片刻，無法言語的情愫正在激烈交流。

我們隨後走向我媽那，面色凝重晦暗的她朝我和向陽再次警告各種注意事項，「兩個小時後我會來這裡接你，麥畢當畢怪（別搞有的沒的）。」

出於護短心態，自始我都稍微把向陽拉在身後，直至送我媽進入不停歇的車流中才站回他身旁。

「向陽——」

「我不喜歡你媽……」向陽沒聽到我的叫喚，他盯著騎走的背影，並沒望向我，似乎正在消化剛才投注在身的那飽含偏見及歧視的眼神，或許還想起了那日遭圍堵於大街的惡夢。

是啊，我也不喜歡現在的她，就像否認所有異己的威權者般惡劣。我望著向陽的側臉，不捨上頭出現的受傷神色。「……向陽，我們逃走吧，我只想和你在一起……」

聞言，向陽的眼睛睜大卻很快恢復平靜，他轉向我，露出淺淺的微笑，「嗯，我帶你離開。」

第29章 離家出走

牽手走回新堀江，這時的我們，一個十八歲、一個剛滿十七歲，身上哪有什麼錢，對於人生首次的離家出走一點概念也沒有，索性當成旅遊的好藉口。

「那我們去墾丁？你不是沒去過？」向陽提議，記得我曾說過想要見識那片漂亮的海域。「反正我明天沒事，剛好帶你去玩。」

「好啊！」我高興地手舞足蹈，沒料到今晚能得到這麼棒的驚喜。

向陽捏了下我的手，接著朝公車站牌走去，「先去火車站吧，我們搭客運去，之前我和朋友他們也是搭國光下去的。」

玩樂向來不出這座城市的我一臉崇拜，忙著點頭示意。想到再也沒人可以阻撓我們，這陣子受的各種烏煙瘴氣轉眼消散。

「到了我們再找住的地方。」

望著比我冷靜的人，我突然有些愧疚，趕緊取出錢包遞過去，「……我現在只有五百塊。」出門前我媽拿了一張五百元鈔給我，那時我腦中還沒有逃離的念頭，也就沒多帶錢或是偷拿家人的提款卡之類的。

「我有，別擔心。」向陽沒有接過，反而幫我收回背包並把我拉近了一點，攬著我的肩頭摟抱，「我會養你啊！」

哭點被大人們的各種逼迫壓低，光這句話就讓我當場落淚，「……為什麼？」

知道我的問句是對著社會及體制，向陽僅是溫柔地拍著我的背安撫，直到聽見啜泣止息才吐露方才見面時未說的情意，「……我也很想你。」

兩個男生在公車站牌前的親密舉動自然引起不少側目，以前我不在意，但現在那些視線盡數被我視為敵意，於是我擦乾眼淚後兇狠地瞪回去，得意地看見路人嚇到並快步離去的窩囊樣。

同樣前往火車站，跟那日猶如遭押解的心態迥異，此刻心中只有快活，我活脫是個準備去畢業旅行的小學生，抵達火車站後光想著買路上吃的零食，不知道得先去看客運發車時間和詢問還有無票可買。

一邊照顧堪稱無知的我，向陽精明地打理一切。最後他朝我揮著兩人的車票，彷彿手中握的是中獎的彩券。「就是這一班——」他比了比停在路旁的大巴，「沒什麼時間了，先去超商買一點，到了我們去夜市吃！」

直到望見那張不足為奇的車票上印有班次和「貇丁」二字，我才總算有了夜逃的實感，緊張、刺激、罪惡感和興奮等情緒輪番充盈胸口，食欲頓消，便僅買了飲料。「向陽……」要踏上車階前，提出這場邀約的我拉住動作始終不含一絲猶豫的向陽，他已經一腳踏上去了。

我仰望那抹身影，欲言又止地不知該講些什麼。

向陽回過頭，臉上沒有辛勤工作的疲憊，反倒神采奕奕地展顏，好似我們真的是要去旅行似的。他牽緊我的手，給了我需要的助力，「別擔心，走吧！墾丁很好玩的！」

聽在我耳裡，那就像是在說彼方的世界是自由、精彩的一般。於是我正式拋下加諸在身上的舊有教條，邁開腳步，跟著向陽上了那輛客運。

我想去沒人找得到我們的地方。

⍟　⍟　⍟

儘管住家鄰近海，但此刻空氣中的海味與高雄港的氣息截然不同，潮氣更鮮明、更能殘留在皮膚上，引出細細黏黏的薄汗。

適逢暑假的墾丁聚集了不少觀光客，頗有南島度假的歡快氛圍。可惜無暇體驗，搭車會暈車的我早被近三個鐘頭的車程折騰到虛脫，一心想著呼吸新鮮空氣和找處無人的場所方便我隨時吐出來。

不斷拍著我的背，向陽盡量把我帶離人群。不過好險今天沒吃什麼東西，走一走，那股腦袋發脹和梗在胸口的反胃感便消逝。甫恢復正常，我即進入觀光模式且胃口大開，墾丁大街上的每一項小吃都想買來嘗試。

我們邊走邊吃，嘴中鹹甜交錯。然而，即便興致受到這片喧騰渲染，這趟旅程的最初目的始終纏繞在我倆心中，牽的手越握越緊。

「要不要去看海？雖然是晚上……」向陽提議，手比著前方。

沿著指示遠眺，街道盡頭是分不清自然與人工物邊界的夜色，但我知曉後方有海，也亟欲看海，「我要！」

「嗯！啊、不過鞋子可能會進沙。」

我們兩人都穿著低筒All Star，的確是會撈進一堆沙的鞋款。「沒關係，再卡掉就好！」我往前伸著腿晃了晃，哪會在意這點小事。

再朝前走了一會兒，耳內飄入明顯的浪潮聲，唰啦唰啦地立體迴盪，讓人得以勾勒這片海域的壯闊。向陽小心地牽著我踏入暗成一片的沙灘，緩緩地沿著海濱散步。

其間沒人說話，我時而眺望大海和周圍成雙成對的依偎黑影，時而偷瞄身旁的向陽並拉拉他的手示意。待他投來視線，我又嗤地裝沒事趕快撇開。幼稚的撒嬌是我極其心儀一個人時的舉動，而向陽也如願地接收到這個暗示，和我玩起相同的遊戲。

兩小無猜的互動直到他想坐下時才結束，此時鞋子裡已有許多細沙在摩腳掌，於是我先脫下鞋倒掉第一批沙，順便拍了拍襪底。

遠處有沿著海平面畫出弧線的點點光影，細看才知曉是座落其中的艘艘漁船，那景色很美，有著白天看不出的神祕感。隨浪起伏的船隻似動非動，竟帶來一股漂泊的無奈情懷。終於，歡樂氣氛隨著襲岸的浪花消退，感傷取而代之。我恍神地望著海景，想到大人們的言論，「向陽……他們說我不懂愛、說我們之間不是愛，那……我想和你在一起的這個心情是什麼？」

眼淚靜靜滑出眼尾，還是不明白被拆散的理由。當我屏住哭泣，擤鼻的聲音從旁響起，向陽也哭了。

我們十指緊扣的手從未鬆開。

「他們說是你們家在我身上下符所以才——」手遭拉扯的力道打斷了我的話。

「不要聽他們的，我們自己知道是什麼就好。」向陽拽我入懷，讓我卡進他的兩腿間坐定，「我們會在一起的。」他向我保證。

「向陽，謝謝你，我也會去工作賺錢的。」我將兩手疊上環住的臂膀，並把身子往後貼，非常希望時間就此停留。

「真的不要擔心這個。」

四周很安靜，彷彿每對情侶們都理解此刻無聲勝有聲，讓跌宕的海浪成為磅礴的情歌。

⍟　⍟　⍟

夜越深了，離開沙灘的我們在附近隨走隨找今晚的住宿。考量預算，最終我們在一個遠離鬧區的位置找了一家便宜的小旅館，店面標示過夜和休息價格的招牌燈還一滅一閃的，使得本就有年代感的外觀愈顯老舊。

沒能挑剔，我朝向陽點頭，硬是把剩下的百元鈔都塞了過去。結完帳，我們轉身朝樓梯走去，空間始終飄有淡淡霉味。上至二樓拐個彎，右手邊第二間就是今晚的房間。當向陽打開房門和燈光時，我不禁倒抽一口氣——第一次看到這麼小的房間。從門到對牆大概僅需三、四步，房內只有一張加大單人床和一套陽春的桌椅，連電視也沒有。進入後我先去確認附設的衛浴，儘管做好心理準備，難聞的悶味和磁磚間的黑黴依舊令我起了雞皮疙瘩，只敢踮著腳尖走去洗手台洗手。

「……我今天不洗澡了。」洗完手的我逃難似地回到房內，坐在床上看向陽調好冷氣後拿出香菸和打火機。

「太髒？」向陽笑著問，已點燃叼在嘴中的那根菸，裊裊白霧立刻擴散，多少壓制了這旅館的味道。「這要給你的。」他從褲兜中拿出一樣東西，遞到我面前。

我發出驚呼，那是一張折成愛心狀的紙張。我接過後仔細尋找拆開的線索，畢竟我不擅長這類手工，深怕一個蠻力就撕破。

「想你的時候寫的。」向陽體貼地從我手中拿走，一下子就把心狀情書攤成一張紙，重新擺到我眼前，「吶！」

一直知道向陽的字很美，但寫在情書上時更美，比國文老師的還端正，雋永大器，透著成熟的性格。我的龍飛鳳舞和幼稚歪斜的筆觸根本無法與之比擬，怎麼學也學不來。

「To我愛的……」

第一句即逼出我滿眼的淚水，其後如同隔著毛玻璃在閱讀似的。

「……記得你來要電話的那天，我只覺得很好笑也搞不懂你的動機，更不認為我們會搭上線。不過，謝謝你來要電話，接受了這樣的我。因為你，我第一次有被愛的感覺……」

「……你照亮了我的生命，就像房間牆壁上那些守護我睡覺的星星一樣。我知道你家人反對，但我會努力工作養你，一定給你一個家，我們永遠在一起不分開，我愛你。By陽」

讀完的我哭到泣不成聲，只能抱緊向陽表達我的感謝和同樣濃烈的情意，紙張原有的摺痕被我揉出的皺褶覆蓋。

「別哭了，你看——」向陽接過那張情書，用快燃盡的菸頭燒著邊角，將平凡的白紙染上極具詩意的不規則焦黃邊緣，頗有舊報紙或舊照片的獨特感。接著他替我摺回愛心，並拿起桌上的原子筆，在其中一面寫上我倆的名字，收尾時畫了個愛心圈住。

「我會隨身攜帶！」拿著這份唯我所有的愛，我感到無可名狀的幸福及原始的慾望。收好情書，我馬上蹭上去暗示，卻在亂親一陣後意識到一件事，「沒有清，可是我不敢進去洗……」

向陽輕笑了聲，順勢換了體位把我壓在床上，手逕自探進我的內褲裡，「今天不清了——」他俯身熱吻，一貫的吻技和舌環瞬間讓我迷失心竅，兩條腿不斷勾著他磨來磨去，反倒方便脫褲。

我感知有一硬物抵在了胯間。

「床頭有套子和潤滑欸！」向陽單手解開皮帶和褲頭，昂首的性器躍出。他取來旅館提供的保險套準備，可是不曉得是套子太廉價還是放太久變質，套沒半路就破了。

這突如其來的插曲逗笑我們，竟能容忍高漲的性慾滯空。每當一方故作嚴肅試圖挽回氣氛，卻又忍俊不禁，噗哧一聲破功，久久不止。連綿的笑聲在這大概是木板隔間的旅館內百轉千迴，我們突然聽到不曉得哪間的男性客人不耐地咳了一聲，接之騷擾似的反覆開關燈啪嚓啪嚓地抗議。

「看來要叫小聲一點，不然就是他不用睡了。」向陽用帶著笑意的氣音在我耳邊提醒，「我直接進了哦！」抹了潤滑的手指不待回應便已先行闖入進行擴張。

「嗯，」心理作用也有，總覺得侵入的手指促進了腸道蠕動，「會、會想……」

「弄髒也沒關係，啊、不過別弄到人家床單。」語畫，向陽短暫離去，到浴室取來毛巾墊在我的臀部下。

雖稱不上無後顧之憂，但向陽的指頭輕易地觸發開關，矜持和擔憂遂被我拋到九霄雲外。當他充血的硬挺擠入庭，延續剛才聽聞告白後的滿足，我身上每寸毛細孔皆為之傾倒。

我們難分難捨地纏綿，不涼的冷氣讓坦誠相見的身軀遍體生津，什麼都顯得野性奔放。

床頭的牆上有個室內窗，正對走廊，上頭薄薄的粉色碎花窗簾在走廊燈泡的照映下，反射出走動的旅客影子，猶如在觀看皮影戲。環境的粗糙對比我們的熱情，空間盡是我們對彼此稠到化不開的情愫。

我還是叫了，跟著在體內抽動的熾熱，快感陣陣襲來，侵蝕我緊繃太久的神經，於是只能忘我地嗔吟，回歸真實的自己。「我、我愛你，向陽，再幹深一點……」

「我也愛你……」呼應我的要求，向陽的胯部猛撞我的臀，汗水和腸液弄得交合部位溼黏一片，我的兩腿折到了胸前，他的槍頂到深處。

房內沒了那股霉味，空氣中瀰漫著我們獻給對方的濃烈痕跡。事後，躺在床上的我有種身心淨空的暢快，盯著向陽痞痞地點起事後菸，一邊擰溼毛巾幫我擦拭、一邊善後現場。雖然身上的味道仍有點微妙，畢竟摻了汗水、海風的鹹及性愛味，但這對我們來說是種深具記憶點的宜人芬芳。

過程中，隱形眼鏡被我眨落，我拾起後從旅館的飲水機那拿回一個紙杯，克難地用水龍頭的水沖洗浸泡。可惜隔天怎麼也戴不上去，才剛碰到眼球就痛得不得了，只好霧茫茫地讓向陽替我指路，一如他始終在做的。

這場意外的墾丁之旅，我們過得拮据卻快樂，手機關機的我不必承受任何干預或批判，恣意地享受兩人時光。日頭的光亮及熾熱照亮了內心希望，好像所想的事都能成真似的。而此時耽溺在幸福的我尚無法留意到，光芒背後有團殘酷的黑影正悄悄地在心底生成。

第30章　躲藏與迷惘

順利度過最重要的一夜，逃家便變得不再驚悚，結束貇丁行後我們回到了向陽家，第一件事是洗澡和睡覺。毫無準備離開家門的我包括內褲，此刻全身上下都是向陽的衣物，彷彿被這人擁抱著一般。向陽的身材比我高䠷，且他習慣買大號或鬆垮的衣服，所以體格偏嬌小的我穿來很像套著白米麻袋的孩童，感覺連短褲都不必穿。

躺在讓我安心的熟悉房內，我聽著外頭向陽正在洗澡的聲響，不免慶幸我媽竟然從未過問向陽的住家資料，使我得以擁有一個如此舒適的棲身處。我猜，或許過於詳細的資訊會逼她正視這人是兒子戀人的事實吧。

睡醒，向陽煮了泡麵一起吃，隨後打了通電話給強哥。為避免我家那方的人再次上演新堀江堵人事件，他請了幾天的假。

「你媽會不會怎樣？」夾了麵未入口，我不安地詢問。

「她不會，你不用擔心，我跟我媽說過了，她很歡迎！」吃飽的向陽把鍋子推到我面前方便我夾取。

一樣是母親，為什麼差這麼多？雖然明白別人家的東西看起來都比較好，還是不免怨天尤人。

「那……我幫忙做家事？」掃了一眼不懂動線的房子格局，我心中估忖能整理的部分有限。

看出我的擔憂，向陽淺笑，用手指戳了一下我正在咀嚼的臉頰，「你乖乖待在家就好啦！除非我媽需要你幫忙，不然沒關係。」

「嗯！」寄人籬下，我決定盡量少製造垃圾和麻煩。

⍟　⍟　⍟

前幾天和向陽二十四小時黏在一起的日子很快樂，無憂無慮，儘管瞧著紙鈔變少、碎零錢增多的錢包時仍不由得焦慮，但這些惶恐在墜入向陽的擁抱後便顯得不那麼急迫。

由於我沒帶手機充電器，向陽到電器行幫我買了一個萬用充電器。我一打開手機，就先把家裡和我媽的電話號碼設成拒接，來個眼不見為淨。

唯一有在聯絡的是我哥。

我哥算是安撫兩方的中間人，誰都不出賣也哪方都不靠攏。除非逼不得已或是他熱衷的人事物，不然置身事外是他的處世哲學。正因如此，他是家族中唯一沒有非議我性向的人，不如說他根本不感興趣。在我和副社交往時他便知情，只問了一次男生肛交的實作。不過當時我沒經驗，頂多依據G片中的情節在回答。

聽我哥說，那間愛河附近的小套房已經解約了，行李是由他和我媽去收拾的，小小幾袋就清空。

「啊你這個白痴，菸蒂是不會沖馬桶哦！擺在垃圾桶中那麼明顯，你都不知道媽媽看到時臉有多鐵青，一直朝我碎碎念，關我屁事！」我哥因為暑假而回家住，無法像住宿時那般自由抽菸，早累積不少怨氣。

腦子登時浮出套房垃圾桶中的那個菸灰紙杯，我再度心疼起向陽，同時為我媽急得跳腳一事幼稚地感到開心。「誰理她。」

「啊你之後要幹嘛？」我哥在尾端這樣問道。

「嗯……可能跟向陽一起打工吧。」我不確定地回覆，腦中雖能勾勒打工的情景，卻怎麼也無法將之延伸到更久的未來計畫，例如暑假過後。其中還包括了同性相戀的情節發展，難道我們永遠只能在新堀江中做自己嗎？當社會大多數聲音擁護的是異性戀，我能堅守自己的選擇嗎？

「你自己想好就好。」維持一貫的冷淡，我哥叮嚀完就結束對話。

這下沒有其他歸處，掛上電話的我恍惚了一陣子才回神，甚至有幾秒鐘的時間，漫天的無助壟罩著我，竟覺得向陽家也顯得陌生。我慌得起身找事做，僅找到音樂來播放，這裡沒有我的漫畫、小說或電腦等能轉移注意力，附近也偏僻得沒有書局可逛。

拿掉臨時配的備用眼鏡，模糊不清的世界多少消除了對現況的憂慮。

隔些天，強哥說沒人到新堀江找向陽，所以向陽很快就回去打工，這次他不再讓我跟，除了是預防萬一之外，貌似打算身體力行地實現「養我」這項承諾。

「……可以嗎？」我躺在床上注視準備出門的向陽，但其實這問句也是在問我自己——可以這樣讓比自己年紀小的人養嗎？

前幾日嘗到的自由滋味已不再全然是美妙，開始染上苦澀的後韻，減弱我睡回籠覺的心情。

「當然可以，那——」向陽過來親了我的額頭給予安慰，「錢我留在桌上了，餓的話就去買，要煮的話記得先去後陽台開瓦斯哦！」

好像之前也聽過相同的台詞，不過為什麼這次聽得我胸悶和心慌？

若無其事地堆起笑臉，我嚥下不安，依依不捨地送向陽離開。我很想要他繼續陪我，這樣我就不必把心思及時間花在這些現實上。可惜接下來有將近十幾個小時，我得獨自待在這空房等待。

✪　✪　✪

想法一旦發了芽就如蔓草起火般一發不可收拾。儘管向陽的媽媽常特地中午回來送飯給我吃，也不要我做任何家事，向陽更是百般呵護，替我買了許多即食包屯在冰箱，或是在深夜帶我出去騎車兜風，胸口的鬱卒卻遲遲未減。

甚者，越安逸越恐慌，接近包養的日子不如想像中好過，不同於前階段的自我厭惡在悄然蔓生。終於我受不了獨自在家的時光，某日下午，我跟向陽說想去新堀江找他，幫忙顧店或坐櫃台，跑腿也行，至少能覺得自己是有用處的。

我搭著離峰時段的公車前往市區，坐在最後一排望著車窗外發呆，忽然興起打給我爸的念頭，可能我需要一個不相干的旁觀者來聽我發洩吧。

怎料，我聽到了哥哥沒有告訴我的真相——關於我媽的。

對話的開頭平凡到我像是根本沒離開家，不過我爸確認完我的安危後話鋒一轉，說道：「我不在乎你喜歡男生還女生，但不能讓家人擔心，你知道媽媽常站在前陽台哭，站好幾個鐘頭然後試圖往前翻嗎？我和你哥幾乎都在紗門前盯著，深怕她跨出去……」

驚愕到忘了吞嚥的我險些被口水噎到，我們家位在八樓，下面正對中庭廣場，那是水泥地板，沿途沒有任何緩衝。

我爸接著說：「她會半夜自己騎出去，也不知道去哪裡，可是回來時眼睛都是紅的……」陳述的內容聳動，他的語調卻很平靜。「媽媽也是要上班的人，我擔心她的身體袂扛欸（撐不了）。」

即使我爸傳達了我媽的現況，卻沒有逼我表態任何決定，似乎深信我會做出適當的判斷。之後聽他說了媽媽的其他行徑，譬如假日整天跑廟宇，跪在神明面前詢問兒子到底發生什麼事，為何一直好好的人會突然轉性。她崩潰地哭到廟方人員都來關切，我爸接獲通知才趕緊去領人回家。

「自己保重。」我爸簡短作結，結束了通話。

公車轉進中華路，外頭來往的人車多了起來。望著這些動態景致，我發起慌。縱然討厭我媽象徵的大人體制和她無形中付諸在孩子身上的期待和限制，但那終究是生我養我的人，如果她真的因為我而跨過陽台的欄杆，縱身躍下——

握住手機的手在發抖，腦袋空白的我沒注意公車行駛的路線，直到看見熟悉的堀江商圈才驚覺坐過站，於是連忙按下車鈴，用走的折回目的地。

見到向陽後，我沒告訴他這件事，畢竟我也不曉得下一步該做什麼。

又過了幾天，我無所事事地躺在床上，盯著天花板發愣一陣子，不自覺拿起手機，久違地按下了我媽的電話號碼……

第31章　限制

——打給媽媽。

聽著鈴響，大腦浮現的這四字仍未消。我從床上坐了起來，四肢在發冷，規律的嘟嘟鈴聲竟引起不規則的高速心跳。我還沒預備好台詞，包括道歉。

正當我專注於響第幾聲時，電話接通了，衝進鼓膜的是一道急切的尖銳音頻，「你在哪？」

「……在向陽家。」不可否認聽見我媽的聲音時我有鬆了一口氣。

「佃叨佇佗（他們家在哪）？」我媽急著掌握下落，音量不自覺提高。

這問題讓我慌了手腳，反射性地站起身，打開房門又關上，舉足不前，最終呆望著牆壁，發現上頭不仔細看便察覺不出的夜光筆圖案。

要告訴她嗎？

這次我瞄向窗外，昏暗的天色告知此時已接近傍晚。見狀，如同被催眠般，「在小港……」我沒什麼實感地把向陽家的地址一字不漏地轉達。

「我今嘛貴去（我現在過去），哩佇遐等哇（你在那等我）！」得到答案，我媽一展她向來速戰速決的行事風格，就算只從聽筒，都能感到一股勢如破竹的氣勢。

「什麼？不要——」拒絕來不及說完，切斷的嘟聲已飄入耳中。我緊張到不知所措，隔了幾分鐘才想到要聯絡向陽。

收到通知的向陽正好下班要準備搭車回家，他沒有斥責或質問我為何這樣做，僅安慰我說等他回家。

我坐不住，來回在客廳和房間走來走去，不曉得哪一方會先到。截至此刻，我仍說不清剛剛為何會聯絡我媽，甚至告訴她這邊的位置。無法判斷這個舉動是對是錯，唯一可以肯定的是，這鐵定會影響到我和向陽。

幸好，比起突兀的門鈴，我先迎來的是鑰匙插孔轉動的場面。

「你媽到了嗎？」向陽一臉嚴肅，不過在看到我的時候明顯鬆懈，彷彿是認為我會被我媽搶先一步擄走。

「還沒——」話回到一半，我的手機響起，來電者正是這時的話題主角。我慌張地望向向陽，還是他點頭指示我趕緊接通，那抹黯淡下來的神情清楚地落在我眼中。

我媽來到附近了，只是小路太多她找不到正確的方向，需要我報路。她急迫的嗓音細微地飄盪在向陽家的客廳，我講了顯眼的路標指引她前來。過程中，向陽僅是牽著我另一隻手，慢慢收緊。

掛上電話，我知道再不到幾分鐘，我媽就會闖進這個向陽特地為我築起的堡壘，而給予契機的……

是我。

「向陽，我……我不是想回家，也不是想跟你分開，我也不知道……」急著解釋，但我才說了幾句便開始哽咽。我真的沒法釐清這項衝動的本意，向陽對我很重要，那為什麼會擅自做出這類似背叛的行為？

「我知道。」向陽微笑，拍了拍我的頭，「我剛也有打給我媽，她說她很快回來，應該就是……和你媽講開吧。」

我望著那張早熟的臉孔，罪惡感一湧而出。我是不是讓向陽體驗了更多不屬於這年紀的社會殘酷和複雜？這芭樂情節怎麼是由他來承擔？我說過要保護他、給他幸福的啊！「我只要跟你在一起。」不確定這話聽來矯不矯情，但我只能用言語表達，試圖驅散瀰漫在向陽周圍的厚重烏雲。

「我也是。」

由遠至近的引擎聲從外傳來，那輾壓於柏油路上的音色明明沒多獨特，我們卻馬上心照不宣地對視一眼。

「你要下去接她嗎？」向陽問，平靜地騰出沙發空間給等下的來客，並稍微整理了桌面。

我搖頭，不願離開向陽身邊一秒。

叮咚——

聽慣的門鈴尖銳地刺激耳膜，我趕在向陽前面去開門，不打算讓他承接我媽的任何情緒。

打開內層大門，便看見站在鐵門外的熟悉臉龐。如所料，我媽的表情很凝重，但跟剛才的向陽一樣，看到我的瞬間，有種放心的虛脫閃過其面容。

她沒生氣，靜靜地等我開門，入內後也沒朝向陽大吼大叫，反而是問能不能直接和向陽的媽媽談話。在得知對方家長正在趕回來的路上，她便更為沉著，頂多念了一下她很擔心之類的。

半小時不到，阿姨回來了，兩位大人把我們趕進房間，不讓我們參與對話。

門板其實隔絕不了聲音，但她們刻意控制音量的交談使房內的我們捕捉不了蛛絲馬跡，索性放棄，在床上依偎而坐，聊起今天向陽上班時遇到的人事物。

彼此都心知肚明，今晚以後，我不可能繼續在這裡住了。

叩叩。

敲門聲打斷房內的甜蜜，向陽飛快地親了我一下，「走吧。」

我們牽著手出去，聆聽大人們做出的結論——我媽仍無法認同「交往」，僅答應我可以和向陽「做朋友」，但大前提是不能離家出走，所以她等下會帶我回去，而之後我們也不能隨心所欲見面，能否過夜則需要看我們的表現才能決定。

阿姨的臉色不太好看，我猜想是我媽在談判中說了一些不得體的話。畢竟之前有神明提到下符之類的事，加上我媽始終認為是向陽帶壞我。

聽聞條件的我很氣憤，對那些狗屁但書嗤之以鼻，登時後悔聯絡我媽。然而她像是戰勝的王者，神態比稍前猖狂和強硬了些，「物件去款款欸（去收東西），我在樓下等你。」

焦點擺在諸多限制和得不到承認的關係上，「我不要！」這會兒，我實在不願和向陽分開。

「麥擱逼哇（別再逼我）！」

情急之下，我祭出激烈手段，「還是妳要我死在妳面前才甘願？」

我媽大概也瀕臨極限了，只見她猛然轉向向陽的母親，語調駭人地吼道：「恁叨菜刀借哇，哇駒伊細（妳家菜刀借我，我讓他死）！」

這淒厲的吼叫如雷聲般盤旋在四周，搞不好上下住戶都聽見了。我媽轉回我，「拜託哩卡緊細（拜託你快死）！」講這句時，她的眼眶是紅的。

我嚇到了，忍不住躲到向陽身後，這單薄的身子明明也站不穩，卻毫不猶豫地用所有力量接住我。

全場唯一冷靜的阿姨出來當和事佬。

腦袋仍停頓的我沒心力去聽她和我媽講了什麼，只是不斷在心中揣摩銳利刀鋒割破動脈的痛楚，這才庸俗地發覺我根本沒有勇氣結束自己的生命。回過神，我媽已不在屋子內。

「阿哲，哩先尬哩媽媽作伙轉去（你先和你媽媽回去），以後呷擱來阿姨家七逃（以後再來阿姨家玩）。」阿姨走過來搭著我的肩，沒有怪我把她兒子拉進這灘渾水和背負了莫須有的罪名，依舊視我為己出。不過，她突然摸向我的耳朵，嚴正地叮嚀：「耳洞麥擱啪啊（不要再穿耳洞了）！」

啊，我媽果然把我的叛逆都推到了向陽身上。

我和向陽的道別持續很久，樓下的我媽也沒來催促。就這樣，在向陽的護送下，我走下樓，坐上我媽的機車後座，正式結束為期三個禮拜的逃家。身上穿的還是向陽的衣服，他說這樣當我想念時可以睹物思人，而我這陣子唯一的一套衣褲同樣好好地擺在他的衣櫃內。

那晚，我傳訊息給向陽的朋友小樂，沒有明講太多細節，僅提了希望他能代替我多陪伴向陽。因為我知道向陽怕寂寞，只是不會把脆弱或需求外顯，每次都獨自嚥下。

自此，我們開始遵守大人們訂下的規則——沒有天天見面，外出需要限時且只能在指定的公開場所。一有違規就延長下次見面的日期，過夜等同遙不可及的夢想。

繁多條件和不明朗的未來導致我們的每次相見總籠罩著哀傷，我卻再也提不出逃跑的計畫。

「我們會永遠在一起，他們無法拆散我們。」

「嗯。」

承諾成了每次分開時的必講台詞，這是我們僅存的自由意志。

仍然不確定那日打給我媽是正解或是錯誤。

第32章　分岔路口

在一切混亂開始之前，其實我已經知道指考的結果，包括其後的填志願、落點分析等，每個步驟均經歷過一輪，還在繳志願卡的地點——中山大學那遇到不少同班同學，大家的臉上都有如釋重負的快活神色，並期待將至的大學生涯。我媽全程參與在側，所以在放榜那刻，她比我還開心，慶幸兒子沒走偏路。

正因為過程如此順遂和塵埃落定的事實，我媽才會對我的逃家感到措手不及吧。

以沒念書裸考來說，我考得不錯——新竹的公立大學，多男生的那兩間其中之一。雖然是冷門科系，但轉系或雙修，辦法及出路多的是。我高中的直屬學長也就讀那間學校，得知我考上同校時還傳簡訊來說會罩我，順便延攬我進他身處的啦啦隊當新生戰力。

我沒預期這個驚喜，畢竟填志願時也想著氣我媽，當著她的面翻閱那本列有全國校系的索引書，不論公私立或等級，從北往南一路亂槍打鳥選填。

然而，這個不太差的結果成為隱因，無意間催化了迷惘，一步步把我推向了分歧點。

確定錄取校時我沒有馬上告知向陽，反倒是小魚姐先知道。那時正值交班，我留在店裡等向陽辦完事回來，就跟小魚姐和她的朋友聊起這件事。

「新竹嗎……所以你們要遠距嘍？」小魚姐提了理所當然的問題。

縱使我害怕分隔兩地，填志願時卻從未想過從南部開始往北填，這其中混雜了北部迷思及逃離家裡掌控的欲望。但當木已成舟，我竟後悔起沒先選擇高雄的學校，害怕有其他人會趁虛而入搶走向陽。

「……我可能會重考。」

「千萬不要！」小魚姐和她的朋友齊聲說，認為不該多浪費一年的時間只為了留在高雄，或者說，不該讓愛情凌駕在人生規劃上。「重考未必能考那麼好，真的不要！寧願先去念再轉學還什麼的，我講真的，大學比進重考班好玩多了！你要真想家，搭客運或火車，幾個小時就回來了，拜託三思！」那位初次見面的大姊姊如此諄諄教誨。

聞言，有那麼一瞬間，我可恨地意識到我和向陽之間的不同，兩邊的世界似乎沒有能妥協的共通點。

我只是點頭，沒能做出確切結論，問題懸空地迎來那場離家事件。

⍟　⍟　⍟

「肉夠不夠吃啊？要不要另外點？」向陽把他碗中的牛肉夾給我，寵溺地詢問。這天我們來到了我心心念念的三商巧福吃牛肉麵。

「這樣你不夠吃啦！」我趕緊用筷子抵擋住，可惜不擅長握筷的我一下子就敗陣，不知該高興還是生氣地盯著那塊特別大的牛肉鎮守於麵上。「那我這塊給你。」作為報答，我也打算挑一塊肉給向陽。

向陽露出了拿我沒轍的甜蜜微笑，「你餵我，啊——」他張開嘴，等著我把肉送進。

儘管是在新堀江，但三商巧福這裡已有年齡層較大的顧客，所以這項大膽的互動自然引起不少側目。不過我們並不在乎，專注在愛護彼此的氛圍中，大方地上演餵食秀。

如果今天是一男一女，看待我們的就不會是帶有歧視和厭惡、不解的眼神了吧。

吃飽喝足，離這天的約會配額僅剩不到一個鐘頭，向陽提議到附近走走，看些飾品什麼的。

我也喜歡堀江巷弄中那些在路邊擺攤的小天地，比室內店家多了點滄桑的帥勁，每人都練就一身快速打包撤退的技能以躲避驟雨或取締的警察。

向陽不愧是在這打滾的人，很多都認識，沿途能聽到不少人叫住他。當他們閒聊時，我便自個兒看推車或架上有沒有喜歡的東西，直到向陽牽著我離開。

「下禮拜就要開學了，我還沒把制服和書包找出來呢！」

人聲鼎沸的環境中倏地鑽入向陽清澈的嗓音。我愣了下，記起向陽要回學校從高二念起的事，腦中隨之浮現出該所學校的學生，「好想看你穿制服哦！」我猜興奮地嚷著這句話的自己一定眼冒愛心。

「那我再拍給你看。」向陽透過交握的手捏了捏我的指頭。「唉……之後可能只有晚上或是週末才能到強哥店裡幫忙……」他語透無奈，「美髮科有實習，我怕沒時間打工。」

我不免震驚，雖沒體驗過半工半讀，但光想像就很辛苦。遲遲擠不出適當的安慰，對話因而出現斷層。目前自身難保的我沒有財力或備案可以支援他，甚至想不出能做什麼樣的工作來賺錢。

似乎擷取到我未言明的擔憂，向陽趕緊補了句：「我會努力拚兩年後畢業的！到時我們一起離開，去台北好不好？然後養隻拉拉作伴！」

我睜大眼睛，連忙點頭，「好，打勾勾！」這兩人一狗的生活是我夢寐以求的，然而尚來不及做白日夢和伸出小指頭，迫切的升學問題旋即取而代之，占據我的思緒。

向陽再次展現心領神會的默契，把話題切進要點。「對了你……什麼時候上去？要不要我陪你一起過去整理？第一個週末我去找你？」

「向陽！」我打斷他，此刻所有對未來的不安及我的人生發展都比不上向陽藏於言辭及眉宇之間的寂寞，「我不會去念，我準備重考！我要留在高雄跟你在一起，好不好？」我根本無法思考邏輯及合理性，只能顧及最近的將來。

「……你確定？」

我忘不了閃於向陽眼中的喜悅，那令我覺得幸福及滿足，於是即便胸口驀地鬱悶也不予理會。

「嗯！我不想和你分開。」

除了大人們限制交往的手段反倒使我愈加無法面對分離之外，這會兒還多了先前洩漏向陽家地址的罪惡感，讓我產生彌補的心態。我能做的就是待在他身邊，一如我最先答應過的。

他將我的手牽得更緊了。

⍟　⍟　⍟

當晚睡前，強行穩住紛亂的心境，我走到仍在客廳看電視的父母面前宣布：「我要重考，我想進南部的學校。」

我媽出乎意料地冷靜，彷彿早就預期會有這樣的發展，雖不到欣然應允，卻沒有半點反駁，甚至知道要預留後路，提出保留學籍的但書；我爸則一如往昔，僅淡淡地表示：「你自己決定，重考很辛苦。」

接下來，一切由我媽處理和聯絡新竹那間大學。由於緊鄰開學日，素未謀面的系主任焦急地打來關切，說如果是怕生或不習慣和人共住，宿舍可以為我準備單人寢，或是安排輔導老師幫助我適應環境，總之希望我先去念念看。

得到消息的直屬學長同樣錯愕，努力宣傳多采多姿的校園生活，試圖改變我狹隘的思路。

我能理解這些人所言，也感激他們的好意，不過當所有對人生的迷惘混雜在一起且什麼方向都看不清之際，我只能停在原地等著濃霧散去，並依靠此刻最需要的人事物——向陽，畢竟他是那位在我寸草不生的心土上栽種出繽紛花卉並耐心灌溉的人，理當是我評斷事情的優先準則。

然而，辦妥休學手續的那晚，我失眠了，獨自蜷縮在被窩中哭泣。其實不曉得為何而哭，只見枕頭逐漸被斗大的淚珠浸溼。

我決定的這條路是可行和值得的嗎？

第33章　徬徨

重考生的標籤比之前的任何標籤都還沉重，猶如被蓋上「人生失敗者」的記號。所以我沒特地向以前的朋友或老師講這件事，好友阿志也在展開新生活後漸漸地不再主動傳訊息來。

由於擔心自學的成效不佳，很久沒補習的我決定報名重考班。不愛補習不是因為學校老師教得有多好，而是不太喜歡出了一個牢籠後又得奔進另一個牢籠的感覺。幸好班上強者多，隨時隨地都有人能請教，高中三年倒也沒遇到太多學習障礙，除了本就弱項的數理科。

「錢你不用擔心，要不要我請阿姨去打聽哪家比較好？」我媽照樣關懷我的一切，替我拿來許多補習班的招生簡章。

「哦……我先看一下。」盯著每張文宣上印著前幾屆到今年的輝煌戰績以及優秀的師資陣容、能激起報名欲望的口號標語等，我突然有種乾脆玩一年然後去新竹念書的衝動。

大多補習班都聚集在建國路，我媽最後帶著選不出哪一間的我實地跑了一趟，打算直接從建築物的外觀和氣氛來選。其實早看膩這條補習街的景象，只是從未想過成為其中一員。這次抱著不同目的眺望成堆巨籠，還沒踏進去諮詢竟已開始頭暈。

依然沒結論，我媽準備帶我回家。她向來不愛等紅燈，通常會不停拐彎騎進綠燈車道以節省時間。她熟知南高雄的每條小路，我以為的繞遠路從未發生過。這次，我們恰巧轉進了七賢路，後座的我如昔地望著街道發呆，大腦卻霍地把接收到的某影像化成訊息傳遞，我發現一棟從未留意過的補習大樓。

「媽，那間怎麼樣？」我馬上叫住她。

或許是偏離火車站那塊激戰區，加上整體老舊且貼出的金榜看板也不那麼特別的緣故，這家補習班看來乏人問津，卻正合我的胃口。因此我和我媽迴轉，進了這家補習班。櫃台一位年約四十的中年女性剛好是這期重考班的導師，聽見我是H中的時候就奮力延攬，把自家優點娓娓道了一遍。

小班制、一對一輔導、不輸給其他補習班的師資……

「……你今年考到哪一間？」對話來到諮詢時的必備問題。

聞言我和我媽對望了一眼，我很慶幸我媽保持沉默，讓我自行選擇要不要作答，於是凝結空氣的回應飄了出來，「我不想講。」

對方不愧是從事面對人群工作的人，相當善於應付正值青春期的敏感族群，所以尷尬僅持續幾秒，她很快轉開話題，「那你志願在哪裡？」

「嗯……高雄的學校吧……」

「好，這個我們可以一邊準備一邊決定。」

儘管我完全沒給予預測理想分數的線索，她也沒露出一絲不耐。或許正是這穩健的應對贏得我的好感，也可能是寂寥環境大幅減輕重考的壓力，當天我就報了名，我媽在兩天內提款繳清費用。

於是，跟學校無異的照表操課日常揭幕了。起初我有些不太適應，但一班不到五人的極小班狀態確實沒帶來過多心理負擔，直到幾天後的數學課。

負責數學的男老師很會教，正當我聽著簡明好懂的解題邏輯時，他忽然扔了一個計算題出來要大家給答案。並不難，就是兩位數乘以兩位數的算數，只是對數字無感的我沒能直觀算出正確數字，在紙上寫下後正要進行九九乘法算數時，老師竟點名我，問道：「啊你H中的不會心算？」

他調侃的語氣迴盪在偌大的密閉教室內，如同深谷間的回音。我腦袋空白，壓根沒預期出身校會這樣被公諸於世，並且是用刻板印象的方式。

我聽到其他人的竊竊私語，四肢頓時發涼，只能被動地搖頭示意我的確算不出來。老師笑笑地自行說出正解後便返回教課。此刻我才意識到，走過的人生將永遠成為外界判斷我的材料，無關我的本質，因為誰都沒空去理解一名陌生人，只要用好懂的外在基準去快速分類即可。

能坐近百人的大教室明明空氣暢通，我卻感到窒息，胸膛急促起伏，黑板上的字如蝌蚪般浮游，我乾嘔一聲，來不及報告便摀著嘴跑出去。

跟堂的導師立刻追出來關切，機警地猜知原因。她讓我到樓下的自習室去坐著緩和心情，接下來要不要回去上課都無所謂，她事後會把講義整理給我。

自習室沒其他學生，僅點了一盞日光燈，反倒突顯了幽暗。我拿出放在褲兜的手機，傳簡訊給向陽，任性地寫著希望他來找我。

好想回到那段在新堀江快樂奔走的日子。但是，我同時知道那並非長久且真切的現實。

嘟嘟——

手機傳來收到訊息的震動，回到學校上課的向陽常讓我有種他仍在新堀江上班的錯覺，不然怎麼能這麼快就回覆？

「還好嗎？下午的課翹不掉，我放學過去找你，好不好？」

向陽在文後加了哭喪臉的表情符號。

讀完訊息的我起了莫名的怒火，把各種不順心的情況混淆在一起，並遷怒到身旁最近的向陽身上。我刻意冷淡地回了「不用」，握緊手機的手發抖了一會兒才平緩。

開始會對向陽發脾氣跟他回學校的時期重疊，因為他的前任及其他虎視眈眈的人都在那，並且比我擁有更多的相處時間，還能看到我所不知道的一面。寂寞和忌妒以幼稚的試探露面，我做起了他歷任男友們常做的行為——不斷確認自己在他心中的絕對位置，或許也是為了填補其他層面的空虛。

直到下課我都沒有回去教室，最後還匆匆收拾東西早退，隨便補習班的人要不要聯絡我媽，反正後者是站在我這邊的。

平日下午的街道不論大小道路，均有股慵懶的氣息，受之感染的我索性一路騎到西子灣吹風看海。

駛過蘿蔔坑，我穿進中山大學的校園內，聽著此起彼落的歡笑聲，我第一次放慢速度仔細觀察走動於操場及校園中的人們，腦中不禁浮現出新竹那間大學的校舍景象。

屬於我的自由到底在哪裡？騎車能夠前進，但人生的道路呢？當我沒和其他人走上一樣的方向，是否意味著倒退？

嘆了一口氣，我催了油門繼續蜿蜒而上，這條綿長的海濱路徑總能平息我鼓譟的思緒。來到制高點，我下車靜靜地遠眺壯麗的海景，浪花始終拍打著消波塊，有時激烈有時緩。那看似不規律的節奏有著催眠般的魔力，瞧一陣子便能清空腦袋的雜念。

我拿出震動多次的手機，傳了道歉的簡訊回應向陽接連幾封擔心的追問。

第34章　過渡

數學老師的一句調侃意外地成了某種自尊傷害，或者說他很衰地成了我轉嫁不順遂的對象，所以重考班上不到一個月，我就不再去了。

雖然說我媽會體罰小孩，但自小在這種類似嘗試後發現不適合的「放棄」上，她從未予以責難，頂多再三囑咐下次要想清楚，然後默默吸收掉我或我哥浪費的成本。這也是為什麼周圍認識的人總說她過於溺愛孩子，以後將會養出兩個廢物。

才藝班算是最好的例子，鋼琴、書法、珠算、速讀、美術繪畫……大多半途而廢。我媽從不解釋，因為她清楚當對象事物是我和我哥感興趣的東西時，我們會自發且竭盡全力學到精，例如游泳和語言。

聽到我不想去重考班，她僅問了句：「環境嘸尬意膩（不喜歡那個環境嗎）？」見我點頭後便用室話打電話告知該位女導師。由於過了退費階段，不去上課對補習班來說的唯一損失即是少一個潛藏的活招牌。

至此，連同初夏那台短暫擁有的偉士牌，我數不清今年浪費了家裡多少錢。不確定自學的極限在哪，但即使沒有那位數學老師的玩笑話，我也應該撐不住重考班那種令人窒息的氛圍。望著房內空蕩蕩的書架及牆壁上清不去的各種穢言，我不免自嘲，高三時那麼渴望脫離考試和制式的評選，現在竟又要從頭來過，這次還得孤軍奮戰。早丟掉教科書和參考書的我請我媽帶我跑了幾家書局買齊所需課本和講義。

提著沉甸甸的塑膠袋返家，我將那些書倒在書桌上分類，沿著高一至高三依序排開並確認每本的頁數，一邊拿出空白A4做起讀書計畫表，每天每週每月，分配好該進行的分量直到第一關的學測。幸好這屬於能投入心力的事，所以坐在書桌前從早念到晚便成了我的新日常。

⍟　⍟　⍟

十月底的高雄依舊高溫炎熱，我房內的冷氣機不曉得是哪個零件壞掉或單純型號老舊，總要發出敲鑼般的巨響，但那反而成為念書時不可或缺的噪音，我邊聽邊讀著高一地理，忽然客廳那傳來外頭鐵門打開的聲響。

「阿哲，出來呷奔（吃飯），緊那粒細買哩愛呷欸燒肉奔（今天是買你喜歡的燒肉飯）。」我媽還沒踏進便朝內喊道。她習慣在公司的午休時段返家吃飯或午睡，大多是自炊，偶爾會像這樣買外食。

「好。」算好段落，我又多讀了幾行才關燈出去，桌上已有倒好的味噌湯和擺齊的筷子湯匙。

「會熱就開冷氣。」

「不會熱。」我學我媽把另一台電風扇開到最強並正對臉，畢竟房間的冷氣幾乎是吹一整天，還是節省一下。加入用餐行列，我們看著電視上播放的午間新聞，但我心中卻在估忖提出另一個話題的時機。「媽……這禮拜能不能去住向陽家？」當新聞台進入天氣預報時，我先飛快地瞄了一下我媽，確認她的心情不錯後切入核心。

昨晚和向陽講電話期間，不知道是關掉冷氣的房內過於燥熱，還是理智經不住迷人嗓音的摧殘，那話兒竟逐漸充血硬起。我掀開涼被，拉下睡褲後一邊對話一邊打起手槍，充分利用向陽低沉的嗓音意淫。本以為做得天衣無縫，連呻吟我都盡量轉往一旁細細吐出。

「……你在擼哦？」向陽呵呵輕笑，口吻像是他只是好心沒太早揭穿。

「啊、咦？哈啊……」疑惑的同時高潮竄腦，嬌嗔直接代替我回答。而這被抓包的羞恥引發強烈的快感，手中熱物哆嗦一陣，就那樣過快地宣洩，掌心頓時出現一片溫溼滑黏的觸感。「嗯唔……」酥麻的感覺占據體內，讓我一時片刻不知身在何處，光顧著攀附於那團慢慢消逝的餘韻。

「已經射了？」向陽笑得更放肆了，「積很久齁？」

「等、等我一下……」語調仍碎裂的我放下話筒，伸長手撈來床頭櫃的衛生紙，狂抽了幾張善後命根子及周圍床單。「……就想你啊，忍不住……」空氣多了點鹹溼，我按下冷氣用人工風驅散。

「我也很想你。」向陽方才高昂的興致減弱了些，「好久沒抱你了……」

對彼此的傾訴暗示了見面次數銳減的現況，包括無法過夜的限制。此刻，射精的暢快被寂寞和無奈取代。

「我明天問問看我媽，她最近沒管那麼嚴了！」我提議。自從我媽看見兒子極自律的念書狀態後，她便鮮少過問我和向陽出去時去哪、聊啥的細節，大概是覺得兒子恢復正常了吧。

「那我把房間打掃乾淨等你，啊、牆壁的圖案有些掉了，我來重畫。」向陽興奮以對，猶如這已成定案，「我家附近那家夜市有新開的鐵板燒，我們去吃！」

「好！」感染彼端的雀躍，我也不自覺提高音量，拉過被子抵擋變涼的周圍，又在床面上蹭著胯間，我同樣想念兩具身體親密交纏時的炙熱。

腦中跑完前晚的插曲，我回神，緊張地等待我媽的回應。

「要住幾天？」我媽反問，喝著保溫杯中自泡的濃茶。

聞言，我不禁眼睛一亮，這進階的問題已然昭示通過初步的許可。「……週末？禮拜五去、禮拜天回。」

這次我媽沒有馬上應允，她無心地聽著氣象主播講述從北到南的氣溫差，這才淡淡地繼續：「好，不過禮拜天不能太晚回來。」

「謝謝——」

「我會聯絡向陽他媽媽，恁麥歐北走（你們不要亂跑），騎車卡細哩欸（騎車小心點）！」我媽警告了一句，大概是擔心那位老師所說的車關尚未完全化解的緣故。

我連忙點頭保證，「不會啦！啊哇欸騎揪慢欸（我會慢慢騎）！」等她進房午睡時，我立刻把這個好消息傳給向陽。這天下午我讀得特別起勁，畢竟兩天後有個天大的獎勵在等候。

⍟　⍟　⍟

處於下班尖峰時段的五福路實在壅塞，人車皆多。迎著機車排氣管堆出的熱風，我騎到新堀江附近等著搭公車前來的向陽。他不讓我騎去他學校接，說太遠怕我累。

不可否認我有點失望，本來打算親自去查探敵情，看看向陽身邊是些什麼樣的人。不過那間學校位在反方向，的確遠且是我不常涉略的區域，很可能會騎到迷路。

這時的新堀江全是穿著制服的學生，大家臉上都綻出週五夜特有的放縱笑容。我瞻前顧後，殷切期盼來往的人潮中走出那抹熟悉身影。口袋中的手機忽地動了一下，是向陽傳來的。

「我到了，現在走過去。」

「好，我等你！」我的心情跟著商圈多彩的霓虹燈一起繽紛，夜色看來不再孤單，反倒洋溢著溫暖。就在此刻，如同每一次等到向陽時的反應，我睜大眼鎖定視線落腳處——身穿制服的向陽揮著手，朝我迎面走來。

他有略抓染回黑色的頭髮，襯衫領口的扣子已解開最上面那顆，領帶也扯鬆了些，正巧被斜背在後的書包揹帶壓住；下方是大概有改過的窄版學生褲和黑皮鞋，一手插在口袋中——儘管飾品少了些，那股不羈的味道卻更強烈。

「向、向陽！」我出聲喚他，被那副帥氣姿態迷得神魂顛倒，恨不得手上有相機可以拍起來。

見到男友一臉花痴樣，向陽靠近後捏了下我的臉頰，「給你看到我穿制服的樣子啦，滿足了？」接過我遞去的安全帽戴好，他早我一步坐到前面椅墊，發動引擎後揚起笑，「上來，我載你！」

心跳得不能再快，但頭點到一半的我旋即搖頭否決，「不行吶，萬一被警察抓到……」我走過去將手搭在龍頭上搶回主權並作勢把人擠到後方，「……過中山路後再換你騎。」

其實誰前誰後都無妨，因為我們一定會緊緊相貼。如所料，一路上後座的向陽始終摟住我的腰，甚至掐著肉取笑，下巴則時不時磨蹭我的肩頭。

依偎使得蜂擁的車潮及連續的紅燈號誌看上去不再那麼礙眼，反而成為了紀念相處瞬間的重要裝飾。

第35章 轉捩

夜風溫煦，吹乾了皮膚上的汗珠。當駛過小港機場，八線道的巨幅馬路逐漸減縮，連綿的車流轉成間隔過大的寂寥，反映了越來越暗的街景。我們找了一處空曠處交換位置，我改到後座，放空地撒嬌。

向陽帶我到那家不大的夜市吃之前提到的鐵板燒，接著玩了一下套圈圈後買飲料回到他家。眼熟的宮廟和公寓昏暗的樓梯間乍然喚醒上次黯然道別的場面，包括為何發生的所有脈絡。胸口倏地鬱悶，我不自覺鬆開了向陽的手。

「嗯？」行走在前方的向陽回過頭，很快地重新牽起我，不過沒有繼續往上走，「有東西忘了嗎？」他看了下手中的飲料及兩人各自的隨身物。

「啊、沒有，只是……呃……沒想到還能來……」我莫名結巴，對於向陽的罪惡感再次竄出頭。要是當時沒有聯絡我媽，我或許仍在做名嗷嗷待哺的雛鳥，一整天待在這等待向陽回家。可是，那樣的狀態會一直如開頭那般甜蜜嗎？一無是處的我，或者是背負所有責任的向陽，我們真的願意過上這前提之下的兩人世界嗎？轉不過來的腦子讓我語塞，突然害怕進到那個空間。

嚮往永遠，想與現實抗衡，卻又畏懼永遠最終不敵而破滅的時刻。

「……對啊。」向陽回了摸不清語意的話，稍微出力地帶領我走向樓上。打開大門，不待我換上室內拖，他立即把我攬進懷中，「終於抱到你了……」

他的制服混雜著淡淡洗衣精和汗水的氣味，很熟悉，我因驚嚇而反動的喘息用力把這味道吸入鼻腔。正當我要張開手回抱時，他已進到下一步，些微推開後抬起我的臉，柔軟的吻飛快地交疊在我張開的唇上，舌尖隨之強勢進攻。「嗯……」先是詫異於舌環沒有因學生身分而取下，幾秒後我便臣服於這迷人小玩意給予的刺激上。

向陽霸道地親吻，阻礙了我吞口水的時機，因此溢出一些在嘴側。怎麼也抓不了節奏的我被吻得越來越狼狽，直到喉間發出帶點哭腔的呻吟才獲得解脫。

「先洗澡吧？」他笑著提議，一手已在扯開制服的領帶。

那抹笑和動作均帶點侵略性，看得我臉紅，只能愣愣地點頭並趕緊溜進他的房間放行李。房內擺設沒什麼變化，仍是我記得的模樣。我從行李中取出換洗衣物，跟向陽要了條浴巾後走進客廳中的那間浴室。這裡同樣維持原狀，浴缸中是用來洗藥草的大鐵盆，周圍則被各式瓶罐塞滿。

正要轉開熱水時，背對的浴室門忽地被拉開，一股涼風襲上兩腿和因彎腰而敞開的股間，「幹！」髒話自然飆出，我立刻挺直身回頭，「怎麼了？」難道又要鴛鴦浴嗎？

似乎很滿意我的反應，向陽憋著笑，「你等一下，我還沒開瓦斯。」

「唉唷嚇到我了啦！你用講的就好了嘛！」我拍著胸口撫平亂頻的心跳，嘟著嘴抱怨。

「在害羞？」向陽的口吻又痞又壞，一雙估價般的眼神從頭到腳將我看得仔細，擺明在逗人開心。

「你去開，我要洗澡了啦！」我上前握住門把關上，這次沒忘了鎖門，畢竟等會兒要清潔，萬一蹲馬桶時再來一次，就真的丟臉丟到家了。啊、可是外頭就是客廳，劈里啪啦洩洪的聲音應該會被完美收音。

「開好了！」

向陽的提醒從外飄來，「好！」我應了聲，卻沒馬上轉開水龍頭，停頓片刻，這才硬著頭皮補充道：「……你等下進去房間等哦！」

回應我的只有放肆的咯咯笑聲，音波之立體，好像聲源就近在門外而非沙發那。

久沒做清洗，連轉開蓮蓬頭這一舉動都讓我渾身燥熱，後穴瑟瑟抖著。把銜接部位的塑膠墊片擺在洗手台後，我清了一下管面的水垢，動作卻定格在此。盯著淌落潺潺流水的出口，我用力吞嚥了下，後悔這兩天沒有節制飲食，剛才嗑鐵板麵時也沒在客氣。

忽然，在只剩氤氳霧氣流動的寧靜空間中，我聽見隱約的音樂聲，豎耳聆聽之下，辨識出那是熟悉的歌曲——Zip的歌。

我說出真心　你靜靜的聽
你我的心已經互相感應

從今後到永久
美麗的故事都被放在心中

隱晦樂聲來自向陽房間，我竟跟著聽完整首歌，直到察覺涼意時才回神。我不斷告訴自己：我最愛的人是向陽，目前占於心頭的淤塞感只要等到考完沒壓力便得以疏通。

大腦很神奇，丟給它一個解釋之後就會自行往那方向展開。我想起和向陽的第一次，在那熒著浪漫燭光的套房內親密交纏的景象。我才驚覺，一直以為這段關係是我走向他，平凡奔往絢爛，但其實向陽也不斷朝我前進。

這片荒土有什麼吸引他的呢？

戛然停止的旋律打住漫無邊際的思緒，外頭傳來向陽戲謔的詢問。

「你忘記怎麼清了哦？」

「啊、沒、我正要弄，你不要在這裡啦！」我作勢轉開水龍頭發出嘩啦嘩啦的水聲示意，甚至用腳故意踩水，浴室內恢復熱鬧。

「你不要急，小心不要刮傷，啊我去裡面那間洗，你用好就先回房間，吹風機我拿出來了。」聽出我的驚慌，向陽體貼地在說完便離場。

確認腳步聲遠離且外頭明顯呈現無人狀態，我才一手撐在浴缸沿，撅起屁股灌水。感知不出溫度的流水很快喚醒體感和流程，預期中的便意及排泄亦如常。如此反覆幾遍，確認排出的只有清水後就宣告結束。

將設備恢復原狀，回歸一般沐浴步驟的我洗完澡，一身清爽地打開浴室門，發現音樂其實沒有停止，不過是被緊掩的門扉擋下了。進到房內，明快的節奏立體地飄入耳，我哼著，邊吹頭髮。

不到一會兒，洗好的向陽推門而入，站到我旁邊後順手接過吹風機並撥弄起我的頭髮，直到髮梢蓬鬆，他才改吹自己的溼髮。

吹風機的風聲讓我聽不出目前來到專輯中的哪首歌，我便靜靜地靠在向陽身上發呆，直到發覺房內忽地安靜下來。

「等一下，我去關燈。」

這話在此刻極為曖昧，我識相地滾到床中央躺好，蠢蠢欲動的性慾輾壓其他雜念，我迫不及待要品嘗肉體歡愉。

啪！

燈滅後的牆壁微光依然奪去我的注意力，其中有幾處特別亮，勾勒出星空的優美。當一旁的床墊下陷，我正打算伸手擁抱來者之際，對方突然扣住我的兩手，「陽、啊！」併攏的手腕被某東西纏繞住，接著遭強行壓到頭上。

嚇到的我反射性地掙扎，不斷扭動手腕以扯鬆箝制物。藉由觸感和孱弱的光芒，我知道是什麼綁住我——向陽的制服領帶。「向陽，為什麼要——」我想把手移回胸前，因為高舉在頭的姿勢令人惶恐。

向陽單手即輕鬆地阻止我的行為，跪坐在我身上的他掀開我的T恤逗弄起乳尖，兩粒小東西一下子就挺立，漫出細細的搔麻，撓得我心癢。但他沒有停止，反倒加大力度掐緊，強烈的痛爽感取而代之。

「唔……」由於上半身的活動範圍有限，我只好屈起腳分散這股刺激，同時用兩端膝蓋蹭著他的腰，「向陽……手……手這樣會痛。」我婉轉地表達解開的希望。

「……見不到面的時候，我覺得……你好像快要離開了。」

呢喃般的低吟悠悠迴盪在四周，我征住，凝視上方那張背光的臉龐，此刻僅能捕捉到微勾的嘴角，但釋出的卻非笑意，而是龐然的壓迫感。

「我……」回話前，腦海中閃過了這一、兩個禮拜的互動。的確，投入自己訂下的讀書計畫後，我如入無人之境，除非當日目標完結，不然不太會做其他事，而這連帶地影響了傳訊息或回覆的時間。

「我沒有、我都在家念書！晚上我們不是都有講電話？我很想你啊！」我急著解釋，卻猶如遭抓姦在床者的狡辯，把事態越描越黑。

「我知道，一個感覺而已。」向陽施加的力氣變大了，「你的手就這樣不要動，好不好？」這問法更像是命令，他刻意下壓我動彈不得的手部暗示位置，接著身子往後挪，一把脫去我的褲子。

這時的反應更傾向本能的防衛機制，當向陽一鬆開，我的手便急著來到嘴邊，嘗試用咬的解開綁結。然而，下體一陣激烈的貫穿制止了這違規，沾有潤滑的兩根指頭正深入我的直腸搗覆。

「變緊了。」向陽的手在抽動，一前一後地磨去我的理智。他的另一手把玩起我的囊袋和會陰，使得血液一致地匯聚某處，括約肌越漸適應疊加的開幅。

「嗯啊……」氣力全轉往體驗流竄的性快感，交叉的手腕自然地垂落在胸前，我的腰迎合般浮起，引導手指盡量攻堅某處。「向陽……」我喊著他的名字，禁慾過久的身心不耐漫長的前戲，「我、我要……」

細微的輕笑回應我的呼喚，他故意吊了幾下胃口才抽出指頭。空虛很快被一灼熱的硬物驅散，熱度慢慢拓進窄庭中，融掉我的矜持。

「啊、哈啊……好、好舒……啊！」賁張的陽物在我柔軟且溽溼的密處不斷去而復返，次次直擊令腦門激顫的紅心，我感到無比滿足，努力放鬆括約肌以利對方索求。然而，向陽的下一個動作直接把高潮推往極致的境地。措手不及的我連叫都叫不出來，只能扯著乾涸的喉嚨咿呀唧唧。

他……掐住了我的脖子，雖然沒施多大力氣，但主掌一切的意謂已十分鮮明。「夾緊了，這樣比較爽？」他的語調冷冽，激出我每個毛細孔的顫慄。

十根指頭逐漸圈緊我的脖頸，我嚇得搖頭，卻驚覺這答案收得了更迫人的壓縮，讓我只得改成點頭。視線被眼中的水氣抹糊，我看不清周遭，感官因而越發敏銳，充盈氣管中的氧氣不再隨心所欲。

下方的律動依舊砰砰砰地持續，攣縮的腸道和肌肉突顯出那根利器的威力和存在。而欺凌烘托出歡愛的層次，我無法自拔地沉淪其中。

這是一種很矛盾的感覺，先是受違背社會常規的悖德感襲擊，繼之兩人之間的立場拉扯，其中摻入了對死亡的恐懼及對權力的崇拜，並帶點不甘願的傲骨。大雜燴的情緒最終濃縮成對肉慾的純粹渴望，頗有只求今朝快活的灑脫。

我的雙腿張開又纏緊，像名蕩婦般索討。口鼻難以吸入空氣，引發全身連連的顫抖，這些無不堆疊出磅礴的浪潮。

「哈啊……你裡面好爽……」向陽加快抽插的速度，貌似在進行最後衝刺。

「陽……很、很難受……」我終於嘗到窒息帶來的痛苦，啞聲且艱困地告知掌控的人，受困的手死命地攀附著他。黑暗中，我感知一道不亞於體內鼓譟的熾熱目光投注而來，這成了引爆的契機，我擠出尖細的疾呼，渾身緊繃，性器前端射出了幾波黏稠於肚皮上。

箝住頸間的手離開了，與此同時，我的直腸深處迎來了流動的沖刷感。

這夜的激情拖著綿長的後韻，直至我們整理完躺回床上也未減弱。向陽摟著赤裸的我，彌補般地不停揉壓我仍殘留紅印的手腕。

沉默在麝香縈繞的房內發酵，卻在半晌後遭一清澈的嗓音打破。

「你……要不要上我？我也可以當零。」

腦中如同響起空雷，轟轟地吵成一團。呼進的氣吐不出，我不敢望向提出這邀約的人，僅聽見他的胸膛傳來另一波跌宕，我登時忘了裸體帶來的不安與焦慮。

第36章　逆轉的立場

重考這一步，是不是注定改變了我和向陽之間的關係？而我還在無意間表現得很明顯。

我記起來了，每當書讀到一半抬頭望著牆上的月曆，腦中會浮現出明年此刻的景致，但那個未來裡，向陽的身影卻很模糊。為什麼？明明當我望向他時仍會怦然，在一起時的幸福和滿足依舊，為什麼我會看不見兩人的以後？不只因為我們都是男生……

這晚我睡得渾渾噩噩，儘管溫度適中的冷氣、溫暖的擁抱及被單營造了絕佳的睡眠環境，可是向陽的那個提議已澈底搗亂我的神經。

隔天，我們的互動如昔，彷彿前晚最後的對話是我的錯覺般。不過我不敢主動進行確認，也緊張地留意話題的展開，深怕聊到什麼關鍵字而導向那個可能。

「……會痛嗎？」

「唔？」向陽帶我到附近麵攤吃麵，我正夾起另外點的豆乾準備放入口，聽到他的聲音時停下。

「手，昨天綁起來的地方，還有脖子。」

聞言，我先快速張望四周，同時拉了下薄外套的袖口以遮掩手腕的一圈淡粉，體溫倏地升高了些，不曉得是不是因為這裡只有電扇的緣故。雖是午餐時段，這家在地小店的客人並不多，此時無人坐在我們附近。「不會痛，只是我的體質容易留疤，要消比較久，真的！而且脖子的不明顯！」我回以微笑，不希望向陽內疚。「其實滿……」我改成氣音，臉頰忽地變得熱烘烘的，「滿……滿……」這種事後討論高潮的事太過羞恥，導致感想遲遲說不出口。

「嗯，你叫得比之前都大聲，喜歡這樣？」向陽恢復從容的態度，笑著替我補上未完的言論，「好險我媽還沒回來。」

「向陽！吼唷你小聲一點啦！」我抱怨道，感到體內相當燥熱，因而不斷用手搧風。然而，正當我以為對話走往兩小無猜的鬥嘴之際，替其染上沉重氛圍的轉捩來了。

「昨晚說的，你可以上我。」向陽邊說，同樣揮舞著手幫我散熱。

這時老闆剛好端來我們點的炸醬麵和清湯，醬香撲鼻，使我的腦袋短暫分神，卻很快地被挪近的身軀喚回。

L型座位讓向陽的左手可以輕易地碰觸我的右手，只見他的指尖輕輕勾著我，阻撓我握筷。「反正我也想試試。」他拍了拍我的手背，像在保證這頂多是項嘗鮮而已，要我不必賦予太多意義在這上頭。

含糊地應聲帶過，我抽回手倉皇地吃麵。我不想要，至少不是在此時此刻得到向陽的第一次。

「你不想？」向陽這次大力地扯住我夾麵條的手，咄咄逼人，而這舉動晃動了桌子，盛滿的清湯溢了出來，沿著傾斜的桌面緩緩流淌出一條閃著油光的水痕。「好學生都這樣？只想自己張開腿躺著舒服？」

他第一次明確地對我生氣且用詞尖銳。我慌了，趕緊搖頭否認，「我、我只是沒做過，不知道怎麼……」近在咫尺的銳利眼神著實嚇人，「你要教我。」

麵攤老闆留意到這桌的異狀，趕緊若無其事地端著一盤東西靠近，「這粉腸多切的請恁呷（請你們吃），好朋友麥冤家啦（不要吵架啦）。」

向陽率先回應店家的善意，「我們在玩而已啦，謝謝阿姨！」他鬆開我的手並戳了我一下催促附和。

「嘿啊我們沒有吵架，謝謝阿姨。」我跟著答，像在念台詞一般。

等到老闆返回烹煮的地方，向陽轉向我，笑得很迷人，「我當然會教你。」

「好……那、那……如果不舒服的話你不要生氣……」我講得快哭了，心臟也咚咚咚地狂跳，剛才的向陽好可怕。

「哪會生氣，我也想看你的馬達夠不夠力。」向陽厲害地切換好情緒，又成了平常愛逗弄的風格。

「嗯……」我低頭專注在面前的炸醬麵上，那已然引不起我的食欲。一手操筷一手握湯匙的我索然無味地咀嚼著麵條，試圖揣測向陽突然想「轉號」的原因。腦袋胡亂編織出無數個可能性卻湊不出正解。

吃飽後我們往鳳山那區去，沒什麼特別目的，就只是騎車兜風，途中經過小北百貨時還停下進去逛逛雜貨。由於這裡的路我不熟，這次都讓向陽騎。望著陌生的熱鬧街景，我逐漸放起空，忘了方才盤根在心的煩憂。「向陽……」我不自覺地喊出聲，收緊環抱的力道。

「嗯？」沒讓風聲掩蓋住我的叫喚，向陽一邊騎車一邊應聲，「怎麼了？」

其實沒想出該說什麼，但怕空白會引出不必要的麻煩，「我愛你。」我脫口而出，慶幸這時沒有眼神交會，卻不禁討厭起被我講得如此廉價和萬用的三個字。

「我也是啊。」向陽回得很開心，如同乘風飛翔的鳥兒，他些微加速飆車，帶上我一起翱翔。露在半罩式安全帽外的髮梢隨風飄揚，我竟沒有輕盈的感受。

⍟　⍟　⍟

晚餐至洗澡前的行程幾乎與前日無異，不過這次是去瑞豐夜市，我首次知道向陽的大姊在那擺攤。記得向陽說過他們差很多歲，而此刻坐在板凳上整理販賣商品的女性紮著低馬尾，略胖、素顏，五官和向陽媽媽像是同個模子印出來的，整體看上去是會讓人喊「阿姨」的外貌。她身旁是兩名約小學低年級歲數的小孩，正從後方的大塑膠袋中拿出衣服幫忙陳列和塞衣架，手勢相當熟練。

「我姊的小孩。」向陽介紹完後就蹲下來和他們打鬧，甚至從皮夾中拿出兩張百元鈔遞去當作紅包。兩位小孩笑得很開心，小心翼翼地把錢摺好後收進口袋。

「哦你是向陽的朋友？」大姊抽著菸，豪爽地朝我打招呼，似乎瞄到我和向陽手上的同款黑戒。

「看有沒有什麼喜歡的直接拿，不然去車上挑。」她比著前方地面和後方的架台，以及停在附近的一台藍色小貨車。她所處的位置在夜市最裡面較偏僻的場域，鄰近一片空地，雖然方便停車及卸貨擺攤，但就是有遊客較少逛到這的問題。

我趕緊搖頭，由於不曉得該如何稱謂，索性維持禮貌的微笑並站到一旁以免阻礙好不容易走來這條的觀光客。之後他們聊起彼此的近況，我並沒認真聽，反倒在觀望其他攤子的動向。接近對話尾端，大姊忽然拿出塞滿千元鈔到拉鍊拉不上的錢包出來，沒數便掏出一疊給向陽，「拿去給阿母。」

初次目睹如此鉅額的現金，使得其後穿梭在人群中的我總是提心吊膽，隨時都在留意向陽斜肩包中鼓鼓的部分還在不在。

錢的景象讓我想到我媽給我的錢仍好好地躺在皮夾中一事，因為見面後的花費都是由向陽負擔。

「向陽，這個我出！」我比著桌上吃光的兩個冰碗。

「不用啦，這又沒多少。」

我來不及從包包底部翻出我的折疊皮夾，向陽已經起身去結帳，然後笑瞇瞇地回來迎接我，繼續牽著手從裡逛到外，最終回到停機車的地方，慢慢騎回了小港。

入夜的社區捲著涼爽的風，總算有了早秋的味道。跟前日抵達時相同，我竟興起害怕踏入那間公寓的念頭，但是拉著我的力道沒給我駐足空檔，喀嚓——鐵門一開，我們回到了向陽家。

才剛放下東西，向陽便催我去洗澡，一切動機不言而喻，他自己則是一樣前往裡面那間盥洗。

這次我的清潔重心擺在前方性器，每個皺褶都特地翻開來洗，仍無法想像這根進入別人後庭時的感觸。少了如廁的步驟，我很快就沐浴完畢，早一步回到向陽房內等他，心中騷動不已並在門開的剎那達到高點。

向陽一邊用毛巾擦拭頭髮，一邊拿著遙控器調整冷氣溫度。明明他身上飄出的是熟知的香味，我卻覺得好陌生，只能像名旁觀者般地注視他吹頭髮。

他吹得漫不經心，不是停留在同部位過久，就是落掉仍溼透的髮梢。片刻過後，他放下吹風機，撥著半溼的頭髮，淺笑地看著我，準備去關燈前又折回，「等一下，我看你的指甲需不需要剪。」

手背向上伸出，十指張開，我頓時如同在接受儀容檢查的學生。我本來就習慣把指甲剪得很短也從不卡髒汙，竟意外地在這時候發揮所長。向陽滿意地點頭，這才前去關燈，他沒全關，而是開成睡眠用的黃光，使得牆上的星空沒有顯現出來。

「我怕你看不到。」他笑著解釋，一腳抵上床後立起枕頭靠坐，「先幫我潤滑吧？」他把軟管遞了過來，接著大方地脫去褲子，屈起兩腿張開並往前挪了下讓屁股騰空。

奔入視網膜的景象太過震撼，導致我的腦袋一片空白，遲遲動不了，直到感知有人拉住我的手並倒了點黏滑的東西在掌心上才回神。定睛一瞧，我和向陽的指頭已被潤滑液沾得發光。

「先一根。」他等我被動地挪進他的兩腿間後引導手勢，像在共同操作。

向陽的那處很粉嫩，沒有蜷曲毛髮，如一朵嬌羞的花瑟縮在風中，通往陰囊的路徑也呈現相同的細緻。這時引起我的不是性慾，而是好奇，手指一股腦兒「啵」的一聲入洞，裡頭好熱好卡，有點像被嘴唇及舌頭用力含住一般。

「嗯……」

沒聽過的音色從向陽嘴中溢出，更加深了我的求知欲，一寸一寸向內前行拓展。兩根、三根……小穴被我弄得水光淋漓且柔軟，不斷貪婪吸吮著，而我的傢伙也確實在這過程中昂首。

接下來的發展很原始、很自然，雄性的征服欲及先前經驗讓我在掏槍上陣時沒有一絲猶豫，頂多覺得抽送不若想像中容易。可是那股結合的美好並未出現，至少他上我時充盈胸口的滿足及幸福未如期發生。

向陽的呻吟很隱諱，時不時用手摀住嘴，似乎不打算在今晚釋放太多。

我瞬間想通了，向陽讓我上他，給予我這項專屬權利，無非是在傳達他有多愛我以及我是他心中特別的唯一這件事，而這個意義……好沉重。

——我們永遠在一起，拜託不要丟下我……

交纏在我腰間的長腿和那痴狂的漲紅臉頰猶如在泣訴這句話，我忍不住抱住他，吻去他眼角的淚水，笨拙卻奮力地在他體內抽動，「你有舒服嗎？」我頻頻問著，內心則是不停在道歉。

這一晚，向陽的另一面沒有深化關係，反倒在我們之間鑿出一道難以跨越的溝塹。我猜我們都看見了。

我終於知曉，我無法承接向陽隱於光鮮外表下的面貌及不同於我的背景，這發現突顯了我的自私、膽怯和不負責等種種缺陷，也帶著一股近似失望的情緒——對自己及對向陽。當初輕易說出口的永恆承諾，不過是好聽的場面話，是受熱戀迷惑的大腦依循本能起鬨，用盡各種方法試圖留住那股亢奮和歡愉，可惜船過水無痕。與此同時，我錯愕地察覺到，和前任分手前夕的煩躁和厭惡正在熟悉地復甦。

我想回到自己的世界了……

這念頭如星火，眨眼間便焚燒起由悸動和憧憬建構起來的純粹關係。差異在一開始是引人追尋的絢爛光芒，卻在後來變成磨去激情的利刃，將一切砍得好現實、好醜陋。

原來我們是如此不同。

第37章　漸離

讀書雖然枯燥無趣，卻成了我逃避的最佳藉口。空三天的複習進度已補回來，甚至有些超前。自向陽家返回後，我就盡量不去思考我們的關係，或者說，努力讓思緒停留在初識時的驚豔與傾心上。日子穩健地流逝，我越來越不愛迎接夜晚，因為那意味著我得去看手機中成堆的訊息及和向陽進行例行的睡前通話，而通話時間與日遞減。

「向陽……我今天有點累，先講到這邊好不好？」

「……哦，那……晚安。」

類似的敷衍增多，但我實在害怕過多的交流將會得到更多受傷的表情，也畏懼面對身為主因的自己。而這些逃避用了極為激烈的方式反撲——向陽開始自殘了。

最初只是聽聞向陽說他睡不著，跑去看醫生拿了安眠藥吃，我連原因都沒過問，僅表示了「多休息」。然而過沒幾日，小樂聯絡我，說向陽把手邊所有的安眠藥混著啤酒全吞下。他接到向陽服藥前傳出的訊息後衝到小港找人，不論怎麼按門鈴都無人回應，吵到樓下的宮廟親戚打給向陽媽，才得以進入並驚見癱倒在床上的身軀及周圍床單上的嘔吐物。

幸好安眠藥的劑量不足，緊急送醫治療後向陽順利醒來，只是仍非常虛弱。

「他現在回家了，你有空能不能來陪他？」小樂在簡訊中這樣問道。

一個「好」字被我按了又刪、刪了又按，遲遲發不了回覆。我知道當我見到這時的向陽，滔天的罪惡感會吞噬我，不是贖罪般地留下，便是畏罪潛逃般地當場提分離。可是我還沒做好心理準備去選擇其一，而我的知識也只夠讓我擬出這非A則B的二選題。

小樂敏銳地從我的沉默擷取到答案，沒再傳訊給我。

沒什麼效率地念了幾個鐘頭的書，我發了簡訊給向陽，內容為那種無傷大雅的問候及擔心，沒提及何時去探望見面等事項。

或許是仍在虛實之間遊蕩及母親陪伴在側的緣故，向陽隔了一日才回我，僅寫了一句「想講電話」。看到這簡單的請求時我鼻頭一酸，馬上打給他。鈴響兩聲即接通，「向陽！你、你現在怎麼樣？身體還好嗎？」

「……嗯，你在做什麼？」

他的嗓子很啞且有氣無力的，聽得我自責，差點握不住手機。「在念書……」這理由好冠冕堂皇，兩字即暗示了沒其他東西可以令我分心，明明在一開始，向陽是讓我逃離這二字的安全避風港。

「那你先去念吧，晚點再講。」

不確定接下來的幾秒空白是不是他其實在等我挽留，但腦中過於混亂的我只是制式地叮嚀補充營養、改天見之類的屁話後就順著結束對話。

暴風雨前總是寧靜，也可能是我樂觀地認為最糟不過如此，這無所作為的行徑竟把事態導向不可收拾的地步。

近兩個禮拜，我和向陽之間依舊維持最低限度的親密聯繫，直到某天他說想來我家找我玩或是作陪。由於讀書的進度不錯，加上向陽這陣子的態度不再那樣患得患失，甚至有了最初的自信神采，我便不假思索地答應，約了平日下午，趁我家無其他人在的時候邀他前來。

那天午後，送我媽回去上班，我迅速收拾了家裡並預備好飲料等待。

叮咚。

無預警的驚嚇在我打開外頭鐵門那刻降臨。「你、你的手怎麼了？」我睜大眼，錯愕地望著向陽那被紗布包紮住的整條左手臂，部分還看得到滲出的血漬。我趕緊牽他進門，讓他坐在沙發上。

我不太敢直視，盡量把視線放在他的臉部，再次問道：「怎麼了？」

向陽凝視我一會兒，勾著嘴角朝我挪近，消弭了我無意間隔出的距離，接著伸出手壓著我的後頸，吻了上來。

熟悉的靈巧舌尖很快地攻堅我的嘴，舌環替沉浸在書堆中的日子添了美妙的刺激，讓我不禁忘我地與之交纏，並反射性地攀上他的手，怎料竟聽見一記吃痛的悶聲，熱吻戛然而止。

「啊、對不起，我不是故意……」知道碰到他左手的傷口，我趕緊道歉。

向陽搖頭，受傷的手覆蓋在我的左手背上，指頭勾著我平常會戴上黑戒的小拇指，此時那裡空空如也。良久，他終於打破沉默，深深望盡我的瞳眸中，「上面這邊……我用剪刀剪的……」他比著二頭肌的位置，另一手逼真地示意剪刀闔起的動作，「剪掉一塊肉。」

我感到不能呼吸，渾身發抖，手想抽回來卻被壓制住。面前的人忽地變得好陌生，只見他張著的口繼續發聲。

「下面這邊……」他指往上臂下方和前臂部位，「我去刺青了，圖案中有你的名字，過幾天痂掉後你就能看到，師傅設計得很屌！」

世界猶如地牛翻身，一陣天旋地轉襲來，我短暫暈眩，什麼都白花花的看不清。強烈的排斥感興起，我奮力抽開手並坐到沙發另一端，驚恐地和向陽對峙。「為、為什麼要……要這樣做？」不論哪一個都讓我反感到想吐，同時間，胸口卻有莫名的黑團在躁動。

向陽的神情陰鬱，一雙長眼照樣如鉤子般鎖住我，「我愛你啊！這樣你才能知道。」他再度靠上前，把我拉回去。

總覺得下一秒就將聽見這人的笑聲。

「你會冷？你看你的手都是雞皮疙瘩，過來。」

來不及低頭確認自己的狀態，一股霸道的力量把我攬進溫暖的懷中桎梏，熟悉的香水和體香即刻撲鼻，導致我的意識越來越混亂，而背上傳來舒服的撫摸和輕拍，像在安慰一名受驚的孩童。

心頭的黑團逐漸撥雲見日，原來我……竟然興奮了。我的心律變得急促，感到激躁，這次手刻意壓上向陽的傷口，比剛才更顯著的呻吟飄入耳中，引出我全身的顫慄及微笑。有人為了我做出這些瘋狂事……不同於性慾的優越感及征服欲在體內狂奔，形似在深山中挖掘出某座隱於地底下的源泉，洶湧而出。

「傷口還沒癒合。」向陽以為我又不小心揮到，便再次提醒。

「啊、對不起。」這話喚回我的神智，不由得對自己剛剛突兀的想法感到無可名狀的恐懼。我明明怕血又怕痛，也見不得親近的人受苦，那……那為什麼會那樣想？我深呼吸無數次，逼自己把焦點擺回向陽的自殘和漫開於心中的罪惡感。

「去你房間。」

簡單四字立刻暗示了那方面的行為，我馬上挺直身離開向陽懷中，「啊、我、我……還沒清……」而且也沒心情，不過我不敢說出後者。

「不要清，我戴套。」

「哦，那……我關電視。」投射來的目光帶著不容妥協的狠勁，明明身在自家，卻如同落入死亡陷阱的獵物，無處可逃。

這次向陽從後面上我，用那個他喜歡的體位。儘管左手負傷，卻無損他粗暴的索取，多次扶起我垮下的臀，維持屁股後撅露穴的狗姿。而未事先清潔的下場讓我哭了出來，不敢直視完事後沾滿穢物的套子，僅是縮在床上恍神地不斷喃喃道歉。

向陽坐在床緣，盯著我桌上和書架上的參考書，一邊心不在焉地安撫我。

我們之間曾幾何時變成這樣？非得在對方身上留下深刻的痕跡才有真切被愛的感覺嗎？但，這一切好像是我親手造成的。

第38章 剪斷

誰也沒想到，那一天在我家和向陽的短暫相聚竟是我們關係的盡頭，也是最後一次見面。當我獨自待在房間，聞著殘留空中的各種荒唐餘韻時，才總算意識到向陽正在以死相逼。他這次用的是剪刀，剪去的只有一塊肉，下一次呢？會不會牽連到周遭的人們？該負責的是誰？如此極端的行為已超出我能負荷及理解的範圍，而這認知瞬間澆熄所有我對這個人持有的情感——包括憧憬。

我想我很類似那種記仇記得深的人，別人對我的一百件好終將不敵一件搞不好是無心的壞，一路搭建起的信任輕易地應聲崩塌，灰飛煙滅。

可惜狠心只出現在獨處的時候，當我與人共處，過強的同理心會擾亂我的判斷，常因捨不得對方傷心而妥協，把委屈吞下後又在事後自怨自艾。所以我知道，這場分手不能當面談，且必須快刀斬亂麻。

當晚的電話猶如高壓氣團壓境，雙雙均似在屏息以節省稀薄的空氣，導致無聲狀態持續了將近十分鐘之久。

「向……陽……」我竟連他的名字都無法好好述說。

「你……是不是喜歡上別人了？」擷取到什麼的向陽早一步打斷，低沉地拋出問題。

「沒有。」此刻的我有種不切實際的體感，如同有一個我在一旁觀看床上講電話的那位自己，然後提出嘲諷：這兩人不是下午剛做完嗎？怎麼晚上就在談分手？

「所以是不喜歡我了？」

我感到目眩，因為聽筒那傳出的是隱忍哭聲的哽咽，悲傷之情溢於言表，清晰、立體地傳遞到我這處，而那正是我最害怕的場景。「我不——」當意識到嘴巴又要違心地說出能令對方高興的話時，我用力掐了自己的大腿忍住，並且不讓痠熱的鼻頭和眼眶洩漏情緒。

「……你能不能說是你喜歡上了哪個女生……拜託……」

意想不到的言論撼動我的世界，「我要掛了！」就這樣，講不到幾句話，連關鍵字及道別都沒有，一場由我追逐的關係被迫暴力、單方面地落幕。我終究是選擇了自己、選擇了易於預測的未來軌跡，向陽的自由奔放竟讓我退卻，忌憚到連能減少他痛苦的一句簡單謊言——「我喜歡女生」——也沒勇氣說出口。

向陽立刻回撥，可是那來電於我而言好比索命咒，我用棉被將其蓋住，遮掩掉有人正在難過及我太過殘忍的事實。

以為會和向前任提分手時一樣，歷經幾日沉澱，彼此便各過各地不牽拖，重回個人的道路，在走廊上遇到也頂多維持客套的點頭之交。然而，向陽的反應再次出乎我的意料。自那晚起，電話加簡訊幾乎沒斷過，數量多到我懷疑他不用睡覺和上課。

一則簡訊的字數有限，他用了數十通來書寫連綿的情意和挽回。起初我有點開看，卻在讀到他希望我去聽當初的定情曲那段時馬上刪掉，我已無法再接收更多的罪惡感了。

「不要分手，我們可不可以從頭來過？」

「求你想起來當初很愛的時候……」

向陽把〈當你〉的歌詞一字不漏地用簡訊輸出，殊不知每一句都把我們之間的距離推得更遠，遠到我再也認不出站在彼岸的人是誰。

我不回不理，過著神隱般的日子，注意力全擺在按時消去讀書計畫上的每一格，手機則一直被孤伶地擱置在書桌的角落。我媽應該有發現到什麼，但她沒有過問，仍一如往常地竭力滿足兒子的物質需求。只是，我們家的電視及話題有了禁句，關於同志的。

大概是害怕痊癒的「同性戀病」又復發。

不曉得過了幾天，某日下午，我待在房間念書，家中只有我一人，周圍是樓下隱晦的車聲和一些聽不明內容的婆媽交談。忽地，高頻的門鈴聲闖入這片祥和，我自然地起身準備去應門，有時會有管理員或打掃阿姨來交代住戶須知，要不就是鄰居來抱怨太吵。

不過，貓眼望出的景象澈底擾亂我平整的神經，因為門外的是向陽！

我杵在原地半晌才回神。

明明兩扇大門能阻隔絕大部分聲音，我仍用兩手死命摀住嘴巴，努力不發出半點有人在家的聲響，接著一步步緩慢倒退，逃回房間。門鈴之外還有拍門聲，向陽叫嚷著什麼，但躲入被窩中的我聽不完整，僅隱約拼湊出「開門」、「我想見你」之類的泣訴。

吵鬧持續了半小時左右，然後外頭恢復原先的清幽，這時我才知曉，原來樓下其中一道機車引擎是屬於向陽的。嚇到的我心生恐懼，當即拿過手機，忽略螢幕上未讀及未接的驚人數字，俐落地拔出SIM卡，同時取出抽屜中的剪刀，喀嚓——剪斷了那張聯繫我及外界的小東西，不帶一絲猶豫。我沒有備份任何檔案，通訊錄、簡訊等什麼都在SIM卡一分為二的當下歸零。

反正我是重考生，是那個體制社會的逃兵，狼狽重返的我不需要和過往任一人牽上線，連同見證這一切的向陽。

把SIM卡掃進垃圾桶，和塑膠袋摩擦的窸窣是它最後的生命跡象。我頹坐在床緣，望著牆壁發呆，上頭還有先前用油性筆寫下的各式憎恨。

等考完，再請我媽找人來重新上漆吧。

★　★　★

炎炎夏日，唧唧蟬鳴的組合年復一年出現，考場外照樣是我媽無微不至的陪伴，我看著熟悉的H中教室，實在無法不去咋舌這巧合，人生第二次指考竟又回到這裡，好似所有兜兜繞繞不過是一場夢，我其實仍在高三下學期那時候。

「欸，你考完了才跟你說——」放暑假的我哥敲門進到我房間，劈頭就是這麼一句。

「幹嘛？」我躺在床上看漫畫，翹著腳。大考結束，決定不論結果如何都不再重考的我已清空書架上的每本參考書，房內如今一片清爽。

「去年你和向陽分手時他找不到你就一直聯絡我。」

「什麼？」我彈起身，除了詫異聽見這個久違的名字之外，也震驚於對方所做之事，「他要做什麼？」

「他在問你怎麼了，一天幾十通簡訊，靠！我女友都沒這麼誇張。」我哥翻了個白眼，「我哪知道你們之間的事，所以也沒回他，一陣子之後他就沒再傳了。」他又朝我瞪了一眼，「手機容量不夠，那些簡訊我沒留著，全刪了。」

當初和小樂交換聯絡方式時，我想著如果有什麼萬一，向陽最好也擁有一個我的緊急聯絡方式，於是我哥的電話就登錄到了向陽手機中。

「……哦。」敷衍地應付完我哥，我無力地躺回床上盯著潔白的天花板，腦中驀地浮現向陽房中那片美麗的夜空，點點微光讓夜晚變得不再那麼孤單，可是我再也無法見到那些璀璨了。

向陽，對不起，你義無反顧地帶我逃離平庸，我卻因害怕未知而最終甩開你的手回歸了平庸，並把繞遠路的錯全推到你身上，這行徑跟我討厭的大人們又有何不同？

將要升大學了，我的價值還在，還能用顯見的數值表現出來。為了接軌至今的人生，我開始催眠大腦，那位留在原地哭泣的人只是某場幻夢虛影、是生命中一位短暫的過客。

但心中始終明白，他是我曾愛過的人，而我將永遠帶著近似背叛的罪惡感走下去。

第39章　偶遇

高中班導老葛曾說過，考生當屬應屆的氣最旺，類似那種「新手好運氣」模式，所以若非不得已，千萬別重考。這話說得對且諷刺，前一年裸考卻考上前段公立大學的我，歷經一年勤奮準備反倒落到了排名中段的私立大學，不過學校位在台北並且是我感興趣的科系，於是我媽說服我爸，支持我捨棄或許對往後更有利的學歷。

——千萬不要學費一年兩萬五變五萬二。

這是那去不到幾次的重考班國文老師講的笑話，藉此激勵我們以公立大學為目標。不知怎地我記憶猶新，或許是因為我讓這話成真的緣故吧。

⍟　⍟　⍟

台北的步調很快，我花了很久適應，包括極複雜的交通系統和偏孤單的城市氛圍，以及校園內強烈的標籤識人之感。

「欸你們南部人講話真的有個腔欸！」

「我念台南C中，所以你也是考差的嗎？我是被監考老師硬扣兩分，不然應該可以上N大。」

來自全台各地的人在彼此不熟的情況下，僅能用顯著簡單的分類來認識同班同學，我扯著讓面部肌肉痠痛的假笑附和，感到深沉的疲憊。

加上無車，沒能隨心所欲騎車去看山海，這對常藉由兜風清空思緒的我來說實在是非常窒礙的環境，遲遲感受不到首都瞬息萬變的魅力，導致大一整個學期幾乎都在調適心態中度過。

大二較進入狀況，這回反而急著成為其中一員，想脫去大家眼中「南部鄉巴佬」的印象。我重新填滿八個耳洞並花錢買了許多潮服和飾品，執意標新立異於群體。這年不再發生捷運站中迷路的事件，也不再畏懼人多到不可思議的每處鬧區。早日得到那世界的認可成了這時期的目標。

再隔一年，孤獨感襲來，我望著套房浴室中的鏡子，映出的人好陌生。厭惡刻板印象卻在無形間自行貼上形形色色的標籤，試圖哄抬別人對我的評價，但怎麼也看不到完結的終點，這些堆疊出的人工繽紛永遠染不進靈魂本體。形似高三那年的虛無及恐慌包圍著我，可是這次我沒有地方逃，只好暫且把心力放至唯一擅長的地方——讀書，過上自律的單調生活。

某日下午沒課，我搭著板南線準備返家。在捷運上，我習慣站在車門口旁邊，這是唯一能讓我自在呼吸的場所，背對後，不必承受任何評估的目光，只有呼嘯而過的風景悠悠地掃去我的雜念。

車輛駛進黑暗的地下隧道，發呆望著的透明窗襯著黑景清晰地投射出自己的輪廓，我上下打量，想著不斷追尋的自由到底在何方。思緒漫無邊際地隨著震動展開，忽地眼角餘光瞥到一個靠近的黑影，我本能地往內挪並握緊了背包的揹帶。不解明明有其他空位，這人幹嘛專挑這處站。

「喂、怎麼這麼巧？」

我睜大眼睛，腦袋短暫地選擇自衛卻終究傳遞了事實，定在窗上的視線飛快地往旁移動，視網膜忠實地成像了屬於這聲音的主人——向陽！我轉過去，四目睽違三年多交會，空氣彷彿凝結，我一臉錯愕地盯著那張未變分毫的臉龐，懷念的香水味隨之飄入鼻腔。

車門旁的空間就那麼丁點兒大，向陽再度逼近，兩手分別握在左右的握桿上，等同把我圈養在方寸天地中。「你也在台北？」他的嘴角揚著熟悉的笑，上唇仍有那道肉色疤痕，在我眼中依然耀眼迷人。

「呃……對……我……我大學念這……」空氣好稀薄，喉嚨頓時沙啞，我艱難地回應，兩眼開始失禮地往四周瞄，本能地尋找逃離的路徑。

「是哦。」

「——下一站，忠孝復興站……」

從未感激過車內廣播，這制式的女聲在此刻適時解救我。「我、我到了。」我稍微側了身，暗示向陽鬆手。

「真假？我也要在這站下車！」

聞言，兩腳差點沒癱軟，我無言地點了頭。待車門開啟，向陽自然地先出到月台，他回頭望著我，雖然沒伸出手，但那身影如同過往替我開路那般，蘊含無人能傷我的安全感。

渾身緊繃的我好像是同腳同手地踏出去，之後低著頭跟在向陽身後。我慣性地朝住家所在的出口前進，赫然發現前方的向陽始終都在視野之中。直到我們穿越長長的地下街並踏上通往頂好商圈的手扶梯時，我才認清這場偶遇並非在做夢，藏封已久的罪惡感悄然被打開了蓋。

站在前一格的向陽穿著帥氣的及膝牛仔短褲，下方精實的小腿卻不是我熟識的模樣，那上頭布滿刺青，掩蓋了原先的小麥膚色。

「……你那時為什麼不接電話？」

向陽帶著笑意的詢問自上降臨，連同轉向的腿打斷我注視那些刺青。我抬眸到一半定住，因為向陽兩手的刺青奔騰地躍入眼簾，剛才竟神奇地沒有察覺到。我不禁圓瞪雙眼，盯著當初說刺有我名字的左手臂，可是我卻無法找到屬於我的位置。跟小腿一樣，他的兩手全給眼花撩亂的線條和色彩覆蓋住。

「為什麼？」見我沒答，向陽重新問了一次，笑意明明多了點，竟令人感到壓迫。

或許是刺青干擾了思考機制，我支吾半天仍沒說出一個完整句子，遑論答案。臉頰一直熱烘烘的，腦內則是一片吵雜，四肢發麻，入目的事物都有些模糊。

手扶梯到了頂點，外頭熱鬧的喧囂飄進我們之間的空白。

「你住這？」向陽看了眼手機確認時間。

「嗯……就在附近。」我到現在仍不敢直視面前的人，兩手戰戰兢兢地握住揹帶，像在聆聽訓斥的學生。

「我要去找我朋友。」向陽交代目的，停頓了下，「要不要交換聯絡方式？」

這話嚇得我猛然抬起頭對望，那雙勾人般的長眼微微彎著，裡頭的瞳仁鮮明地映出我的存在。這注視讓我紅了眼眶，過往的種種片段洪流般在腦中翻滾，我趕緊咬唇遏止情緒，垂首搖了搖頭。

「是嗎那──」

「再見。」這次由我先說，然後不等他回應便快步走進旁邊的小巷弄，用著接近競走的速度融進逛街的人潮，連頭都不敢回。我沒有勇氣面對向陽的問罪和責難，同時害怕撞見他轉身而去的背影。直到此刻我依舊任性，光顧著維持自身世界的完整。

「對不起」三字始終沒說出口，只敢在逃難似地奔回家後如洩了氣的氣球般癱坐在地，情緒總算潰堤，我開始痛哭，不過我又有什麼資格哭呢？

天色漸暗，哭累的我無心開燈，企圖讓夜晚吞噬掉有關這場重逢的記憶。板南線那麼多車廂，為什麼偏偏和向陽在同個時刻搭進同一節？他是怎麼從背離外界的姿態認出我的？

接連幾天，我拚命把注意力投注在課業上，不給腦子任何空檔去想起那面孔。這努力聊勝於無，緩緩地發揮功效，印象中的味道和色澤均淡了些。

第40章　結尾

遇見向陽的那個週末，我如往常地睡到近中午才準備起床去附近早餐店覓食，打算吃完後繼續窩在家中打電動或讀書，十足宅男生活。

由於早餐店就在幾步遠的街口，我沒特地打理儀態，戴著近視眼鏡、頂著一頭蓬鬆亂髮且身穿皺巴巴的短袖短褲，套上拖鞋便下樓。

這棟四層樓公寓的樓梯間因為沒有對外窗，所以成日陰暗，空氣也不太流通，總有各層各戶獨特的氣味。然而，今天鼻腔中多了新的刺激。越接近大門，那股飄揚四周的菸味越顯著，我皺著眉，暗忖是誰在公共空間抽菸，卻在一推開一樓鐵門時怔住，差點反手關上門躲回陰冷的空間。

「……向陽？」

叼著菸的向陽靠在另一側固定住的鐵門上，察覺出來的人是我後揚起一側的唇打招呼。「我本來要走了。」他好笑地看著外觀邋遢的我，「有沒有空?我請你喝咖啡。」

正午的日頭竟驅逐不了籠罩心頭的烏雲，原來那天他還是跟在了我的身後。「……有，今天沒事。」我恍惚地應聲，正要跨出去之際猛然抽回腳，尷尬地說：「你……等我一下，我回去換個衣服。」畢竟此刻的裝扮實在不適合去咖啡廳。

「你不會就這樣躲回去吧？」向陽上前一步，腳尖輕輕抵在鐵門下方的卡榫那防止關上。

「不、不會……」這話噹得我無地自容，體溫倏地攀升，形似已遭正午太陽烤曬一番。

向陽微瞇著眼，像在評估話的真偽。未幾，他勾唇輕笑了聲，瀟灑地抽起菸，「你慢慢來，反正我菸也還沒抽完。」

我愣了幾秒才轉身趕緊跑回樓上，維持臉紅的狀態，心臟撲通撲通地狂跳，本該反省為何讓人信不過卻險些被那耀眼的笑臉釘在原地。這次看清楚了，向陽仍穿得時尚且多了點成熟的韻味，善用單品配件搭配他喜愛的花襯衫和窄褲，剪短的頭髮抓得俐落有型，比許多台北人更潮。奔回家的我打開衣櫃，飛快地挖出一疊沒燙整的衣褲，這不好看、那不對味……花了一些工夫才勉強地配出一套文青風的穿搭，接著匆匆洗臉刷牙後再度衝下樓，來不及換上隱形眼鏡。

「對不起讓你等那麼久……」急著赴約的我驚險地踩空滑了幾階落地，幸好抓著欄杆，不然就要上演丟臉的仆街。

「不會啊！」向陽無所謂地聳聳肩，比了我家巷子的另一端，「去那邊吧。」

路上我們沒有多加交談，我才意識到這次並非那種快樂的敘舊，而是近似從此不相欠的終曲。向陽走在我半步之前，時不時側頭確認我有無跟上。似乎記得我害怕過馬路，在遇到沒設置紅綠燈的路段時他會微微探出手來指引我的步伐，但互動僅此而已。

與以往在新堀江一樣，向陽出色的外型依舊搶眼，而這回還多了布滿兩手的刺青，使得投注在他身上的注目始終不減。

週末東區的熱絡被阻擋在我倆之外，如同在觀看一場無聲電影，來來往往的行人都像刻意穿插的棋子般，烘托出行進的沉重。我們進到一家我從未留意過的咖啡廳，各自點了飲料。

對坐讓我緊張，可是我知道無法逃避。

「你好，幫你們送一下飲料哦！」女性店員端來我們點的東西，放下後還多瞄了向陽一眼才欠身離去。

向陽用吸管攪著冰塊啜了一口冰咖啡，緩解了夏季前的悶熱。我跟上，心不在焉地喝著好像沒多特別的拿鐵。

「你真的很愛搞消失。」

突如其來的關鍵字擒住我的呼吸，身子不由得往後挪到椅背處，眼神垂得很低，幾秒後才膽怯地吁出憋住的氣息。

「……你還喜歡男生？」

悟出這會是一一結算的聚會，我誠實地點頭，兩手擺在大腿上握拳。

「交往中？」

我搖頭，自向陽後就沒和誰建立關係，因為我害怕再去傷害到人，但我沒有把這些講出口，加害者說什麼都像在狡辯。

以為沉默是在忌憚，向陽旋即補充：「你別多想，我現在有伴，而且又養了隻拉不拉多，有機會帶給你看。」

聞言，我想起我們曾經的對話，不禁漾出苦笑。雖然我們都來到台北了，卻不是以當初約定的方式。察覺寡言過於失禮，我連忙搭腔：「恭……」祝賀似乎不恰當，我趕緊改了口，把焦點擺在狗上，「好啊，一定很可愛。」

這下換向陽不再說話，彼此安靜地消化杯中液體。良久，當我感到店內空調變冷時，向陽的下一句話像是直接倒了桶冰水在我身上。

「你有喜歡過我嗎？我只是你當時的一時興起還是叛逆期的藉口？好學生讀書讀膩時的休閒活動？所以才能那樣……」他講得平淡卻句句帶刺，發洩似的吐露完後拖著綿長的尾音停止。

「不是、我真的喜歡你！」我抬起頭，直視那雙黯淡的眼眸，此刻的言論不是為了討好對方。「就算重來一次我也會和你在一起、為了你離家出走、為了你做那些事……我從來沒有後悔那天問了你的電話。」我講到哽咽，於是用力喝了一口拿鐵吞回苦澀，「……能和你在一起，是我人生中最幸運的事。只是……對不起……」沒有說出道歉的暢快，我感到呼吸快要式微，胸口儼如有人狠狠攫住般地發疼。

我清楚那未完的句子要接什麼，而我竟然讓他問出這些問題。

到底……為什麼不喜歡了呢？不，我想自己知道原因。在可掌握的未來和沒保障的感情之間，我做出了最利己的選項。從沒問過他，便擅自、殘忍地將其推上天平秤量出我的下一步。

向陽不語，攪著冰塊融得差不多的咖啡，半晌才開口，「那時我們都太幼稚了，以為有對方在身邊就能過上理想的生活，拚命要對方承諾永遠，但其實自己都不相信……好險長大了。」他悠悠說道，揚著惆悵的笑容。「突然消失……很傷人。」用力喝完剩沒幾口的飲料，「我說不出祝你幸福，不過……你知道的，就這樣吧。」

我無言點頭，眼周已猩紅一圈，竭力忍著不要落淚。

「掰掰，唐亮哲。」向陽沒有停留了，他拿起帳單走去結帳，接著朝我揮揮手，先行推門離去。

我失神地透過店家的大片落地窗追隨那抹消失在人群中的背影，知道這是我們恢復平行線的瞬間，以後也不可能交會了。盯著冰塊融化的水浮了一圈在拿鐵上，我搖著杯子摧毀那層隔膜。

喊我名字的聲音像鑿子般刻進腦海。我也未曾忘過向陽的本名，大概這輩子永遠都忘不了。

木然地獨自坐在咖啡廳一陣子，我才起身慢慢走回家。未關好的衣櫃提醒我剛剛幾個鐘頭內發生的事全為現實。我走去整理散亂的衣服，無意間瞥見角落一件向向陽借來穿卻忘了歸還的藍色外套。我有時會穿它，單純是因其不退流行的百搭設計能遮掩我裡面隨便穿的俗氣。我想，他早忘了這件的存在。

幸好向陽能遇到另一人，還有喜愛的大狗陪伴在身旁，他值得更好、更真誠的對待。我沒再哭了，只是靜靜地等待時間沖淡這些悔恨和遺憾。

⍟　⍟　⍟

近幾年，隨著智慧型手機帶來跨世紀的改革，各式社交軟體如雨後春筍般應運而生，同性交友找伴變得容易許多，大眾目光也收斂不少。但我決定不再喜歡人或建立關係，性慾來了頂多自己打手槍或約些炮。嘗透孤單是我對向陽的彌補，也算在替自己偏差的戀愛觀和懦弱習性所犯下的過錯贖罪，包括第一任。加上我畏懼向陽自殘時我所感知到的愉悅，那情感的起因及面貌不明，目前心中有個坎阻止我去深究。

而我的性向在家族中仍是禁忌，領悟到這並非一過性疾病的長輩在朝我們這代催婚時，會心照不宣地跳過我，算是當初鬧得滿城皆知的唯一好處吧。

堅守單身許久，偏偏某場相遇搗亂計畫，我遇到了另一位轟轟烈烈，巧的是，他的臉上同樣有肌理壞掉的縫疤，總引我忍不住撫摸。生命因新的人再次充滿活力和色彩，卻也可悲地體驗到何謂痛徹心扉和一哭二鬧三上吊的真意。一物剋一物吧，但這又是另一段冗長的故事了。

只不過，我終於明白向陽當時有多痛，而那……根本無法痊癒。他是用怎樣的心情和我相認並對坐喝咖啡的呢？又是花了多大的力氣去壓抑情緒暴走？為什麼能那樣大器地微笑和我揮別？

我到網上找了Zip的歌來聽，熟悉的旋律和歌詞，物是人非的關係。

你知道我是用心

一直努力　去抓住我們的愛情
不要再讓我一個人孤寂
給我個機會讓我說愛你

向陽說得對，我們都在尋找理想的自己，以為彼此的差異就是完整自身的關鍵，但那只是不成熟的心智所導出的謬論，說穿了，是在逃避當下自己正在走的路罷了。

我們是不是在不懂愛的時候，遇見值得愛的人？

如果人生是一場煙火大會，那麼與向陽相識相愛的日子，就是結尾那段永無冷場、高速連發的花火，震撼到讓人忘記呼吸，卻又過於短暫。更甚至，在回想時，竟只能記得最高點綻成花的剎那。

升空前的緊張期待、其後殘留於夜空的寂寥白煙和焦味，都不過是後來我替這段感情加的點綴。

結尾了，縱使在時隔多年的現在聽來會覺矯作，我還是想說：

——向陽，謝謝你曾經照亮我荒蕪的黯淡世界，寸草繁花皆因你而生。

【全文完】

要彩虹11　PG3011

要有光
FIAT LUX

與你的青春，花火燦爛

作　　者　桑　蕾
責任編輯　劉芮瑜
圖文排版　陳彥妏
封面設計　王嵩賀

出版策劃　要有光
發 行 人　宋政坤
法律顧問　毛國樑　律師
印製發行　秀威資訊科技股份有限公司
114台北市內湖區瑞光路76巷65號1樓
電話：+886-2-2796-3638　傳真：+886-2-2796-1377
http://www.showwe.com.tw
劃撥帳號　19563868　戶名：秀威資訊科技股份有限公司
讀者服務信箱：service@showwe.com.tw
展售門市　國家書店（松江門市）
104台北市中山區松江路209號1樓
電話：+886-2-2518-0207　傳真：+886-2-2518-0778
網路訂購　秀威網路書店：https://store.showwe.tw
國家網路書店：https://www.govbooks.com.tw
總 經 銷　聯合發行股份有限公司
231新北市新店區寶橋路235巷6弄6號4F
電話：+886-2-2917-8022　傳真：+886-2-2915-6275

出版日期　2024年8月　BOD一版
定　　價　350元

讀者回函卡

Printed in Taiwan

國家圖書館出版品預行編目

與你的青春,花火燦爛 / 桑蕾著. -- 一版. --
臺北市 : 要有光, 2024.08
面 ;　公分. -- (要彩虹 ; 11)
BOD版
978-626-7515-12-9(平裝)

863.57　　113009428